KÜSS MICH NOCH MAL

EINE ZEITGENÖSSISCHE ROMANZE DER ZWEITEN CHANCE

JESSA JAMES

Küss mich noch mal: Copyright © 2020 von Jessa James

Alle Rechte vorbehalten. Kein Teil dieses Buches darf in irgendeiner Form oder mit irgendwelchen Mitteln, elektronisch, digital oder mechanisch, reproduziert oder übertragen werden, einschließlich, aber nicht beschränkt auf Fotokopieren, Aufzeichnen, Scannen oder durch irgendeine Art von Datenspeicherungs- und Datenabfragesystem ohne ausdrückliche, schriftliche Genehmigung des Autors.

Veröffentlich von Jessa James
James, Jessa
Küss mich noch mal

Cover design copyright 2020 by Jessa James, Author
Images/Photo Credit: Deposit Photos: mjth

Hinweis des Herausgebers:
Dieses Buch wurde für ein erwachsenes Publikum geschrieben. Das Buch kann explizite sexuelle Inhalte enthalten. Sexuelle Aktivitäten, die in diesem Buch enthalten sind, sind reine Fantasien, die für Erwachsene gedacht sind, und jegliche Aktivitäten oder Risiken, die von fiktiven Personen innerhalb der Geschichte übernommen werden, werden vom Autor oder Herausgeber weder befürwortet noch gefördert.

1

COLE

„Du machst wohl Witze. Jacob, willst du Callie wirklich erlauben, eine Dating-App zu kreieren? Tja, mein Freund, da geht dein Ruf, eine seriöse, einflussreiche Person in der Tech-Welt zu sein, dahin!"

Ich musste mich einfach über die verzweifelten Versuche des armen Jakes, Callies Aufmerksamkeit zu erlangen, lustig machen. Er würde ihr wirklich alles geben, was auch immer sie wollte, der arme Narr. Ich konnte nicht leugnen, dass sie auch klug war und sie mit ihren Einfällen normalerweise goldrichtig lag, aber diese Idee ging, meiner bescheidenen Meinung nach, doch ein Stückchen zu weit. Aber Callie war auch die einzige Frau, der ich jemals begegnet war, die mich im Programmieren übertrumpfen konnte und die Kühnheit besaß, mich im Schach zu schlagen – jedes einzelne Mal. Tja, natürlich hatte es noch eine andere Person gegeben, die dazu in der Lage gewesen war, doch sie war kein Teil meines Lebens mehr. Und dennoch gelang es meiner einzig wahren Liebe Lucy, selbst fünf Jahre später, noch immer meine Gedanken zu den ungewöhnlichsten Zeitpunkten zu infiltrieren.

Ich schüttelte den Kopf und versuchte, mich dazu zu zwingen, dem vorliegenden Gespräch meine Aufmerksamkeit zu schenken. Vielleicht hatte Callie eine andere Perspektive hinsichtlich der neuen Dating-App, eine, die noch nicht vollkommen ausgelutscht worden war. Jacob grinste mich verlegen an und zuckte mit den Achseln.

„Ha, ha, Cole!", sagte Callie sarkastisch, als sie einen Krug Bier und drei Tequilashots von der Bar zurückbrachte. „Seid ihr Jungs zum Feiern bereit? Das wird die beste Idee werden, die wir jemals in Produktion gegeben haben!"

Wir hatten uns alle auf der UCLA kennengelernt beim allerersten Treffen der Tech Society in jenem Jahr. Wir hatten uns um einen Tisch gedrängt, wo wir die neuesten Gadgets bewundert hatten, die zu bekommen wir uns alle freuten, um das College in wahrer Nerd-Manier zu beginnen. Wir hatten jede noch so kleine Verbesserung und Makel diskutiert, als würde die Welt enden, wenn sie nicht korrigiert würden – und dann war Callie reingekommen.

Mit ihren eins achtzig war sie eine Vision einer langbeinigen, blondhaarigen, blauäugigen Perfektion. Selbstverständlich hatten wir alle angenommen, dass sie sich im Raum geirrt hatte. Wie sich herausgestellt hatte, war sie genauso intelligent und besessen wie wir alle und sogar noch mehr als viele von uns. Callie verdiente wahrhaftig die Bezeichnung ‚Schnelldenker' – alles, das sie tat, ging schnell: sie dachte schnell, sie trank schnell und sie konnte nahezu jedes mathematische Problem innerhalb von Augenblicken lösen.

Und obgleich kein Zweifel daran bestand, dass Callie attraktiv war, gehörte mein Herz einer anderen. Wir drei hatten zu einer angenehmen Freundschaft gefunden, die das College überdauert und darüber hinaus Bestand gehabt hatte.

Callie exte den Tequilashot und bedeutete uns, das Gleiche zu tun. Die feurige Flüssigkeit brannte sich ihren Weg durch meine Kehle und ich verzog angewidert das Gesicht. Das war noch nie mein Drink gewesen; ich war eher der Bourbon-Typ. Ich schüttelte den Kopf und erlangte die Fassung wieder.

Ich musste immer noch skeptisch ausgesehen haben, denn ich konnte es mir einfach nicht vorstellen. Klar, Datingseiten und Apps schienen ein großes Geschäft zu sein, aber es gab doch bestimmt schon einhundert, die alle genau das Gleiche taten? Ich meine, wie viele dieser Teile brauchte die Welt wirklich?

„Im Ernst Leute, der Markt scheint übersättigt zu sein, ich weiß. Aber ich habe Nachforschungen angestellt. Jede Seite hat eine andere Perspektive – Übereinstimmung der Kompatibilität; Übereinstimmung der Hobbies; Übereinstimmung des Lebensstils; sogar Übereinstimmung der Haustiere. Aber keine der Seiten gibt dir die Chance, den gesamten Pool der Leute, die dort draußen nach ‚Dem Einen' suchen, zu überblicken. Ich meine, wenn du jemanden in einer Bar kennenlernst, schaust du doch auch nicht, ob ihr etwas gemeinsam habt. Man geht nach Attraktivität, bringt er oder sie dich zum Lachen, verursacht dir die Nähe des anderen ein kribbliges Gefühl – ihr wisst schon, all diese Dinge eben."

Ich konnte verstehen, was sie damit

meinte. Ich hatte noch nie darauf gewartet, herauszufinden, ob eine Frau etwas mit mir gemeinsam hatte, bevor ich sie auf ein Date gebeten hatte. Dafür waren erste Dates immerhin da. Es muss eine Art anfängliches Bauchgefühl geben, das dich bei einer Person überkommt.

„Ich denke, ich verstehe es, aber der Sinn von Internet-Dating ist doch, den Auswahlprozess zu überspringen, alles für dich zu beschleunigen und jemanden vorgeschlagen zu bekommen, mit dem man sich höchstwahrscheinlich verstehen wird, oder?", fragte ich, da ich allmählich wirklich neugierig wurde, aber für den Moment noch bereit war, des Teufels Advokat zu mimen.

„Für manche Leute, ja, ist die Zeit von essenzieller Bedeutung – Berufstätige und solche Leute, aber Collegekids haben alle Zeit der Welt. Denk doch daran, wie Facebook begann. Es war eine Möglichkeit, um die Leute auf dem Campus abzuchecken", fuhr Callie fort.

Jake nickte. „Und sehen wir doch

den Tatsachen ins Auge, so viele von uns haben einfach nicht den Mut, dem Objekt unserer Begierde zu gestehen, wie wir empfinden."

Ich verschluckte mich beinahe an meinem Bier, als er das sagte; sein schmachtender Blick war auf das Gesicht der Frau geheftet, der sein Herz gehörte. Hätte er damit nicht so abscheulich nah ans Schwarze getroffen, hätte ich laut gelacht.

„Genau. Schau doch uns an, der Haufen Nerds, der wir sind. Nicht einer von uns hat jemals den Mut aufgebracht, auf irgendjemanden zuzugehen und ihn um ein Date zu bitten, dennoch sind wir nicht einmal die Schlimmsten unserer Sorte. Cole Kent hier ist sogar irgendwie heiß!", witzelte Callie.

„Ich habe Mädchen um Dates gebeten, gelegentlich... manchmal. Ich suche nur momentan nach niemandem. Ihr zwei könntet euch allerdings etwas mehr anstrengen. Keiner von euch ist mit einer Hornbrille oder nervösen Ticks gestraft", stichelte ich zurück.

„Wir wissen", sagte Callie, während sie die Augen verdrehte, „dass du dich im Alter von fünf verliebt und nie entliebt hast..."

Ich seufzte und probierte, ihrem Blick auszuweichen, und wünschte mir, sie möge das Thema wechseln.

„An irgendeinem Punkt wirst du akzeptieren müssen, dass die ständigen Wochenendausflüge im ganzen Land sie nicht zurückbringen werden, und einfach weitermachen müssen. Und wenn du das tust, mein Freund, wirst du so froh sein, dass es eine App gibt, die dir dabei helfen wird, die perfekte Frau für dich zu finden!"

Tief in meinem Inneren wusste ich, dass Callie es nicht böse meinte und dass sie vermutlich recht hatte, aber es tat dennoch weh, das zu hören. Ich wusste, dass ich nicht loslassen konnte, zumindest noch nicht. Ich hatte fünf Jahre damit verbracht, überall nach meiner Stiefschwester Lucy zu suchen, oftmals mit meinem Stiefvater Tom. Und jedes Mal, wenn wir loszogen, schien ich einen steifen Hals zu bekommen, weil ich ständig meinen Kopf reckte, um zu überprüfen, ob ihr Gesicht irgendwo in der Menge war.

Sie war meine beste Freundin gewesen, so lange ich mich erinnern konnte, und unsere Mütter waren ebenfalls seit der Highschool beste Freundinnen gewesen. Wir waren gemeinsam aufgewachsen; der Morgenkaffee unserer Moms wurde zu Spielverabredungen für uns und als wir älter wurden, wurden wir unzertrennlich.

Doch unsere Freundschaft wurde auf eine harte Probe gestellt, als uns Desaster um Desaster traf wie unnachgiebige Wellen. Als wären unsere Teenagerjahre nicht schon schlimm genug, hatten wir es mit Tod, Verrat und dann einer Hochzeit, die wir einfach nicht hatten kommen sehen, zu tun bekommen.

Lucy hatte ihrem Zuhause nicht lange, nachdem meine Mom und ihr Dad verkündet hatten, dass sie heiraten würden, den Rücken gekehrt. Mein Dad hatte meine Mom verlassen, als ich noch ein Kind gewesen war. Wir hatten seit Jahren nichts von ihm gehört. Wir waren ohne ihn besser dran, aber es war unfassbar schwer gewesen, als er gegangen war. Lucy war während alldem für mich dagewesen, hatte mir erlaubt, mich an ihrer Schulter auszuheulen, und dafür gesorgt, dass ich weiterhin in die Schule ging und meine Noten nicht schlechter wurden. Ich hatte versucht, dasselbe für sie zu tun, als ihre Mutter an Krebs erkrankt war. Es war die schwerste Zeit in unser aller Leben gewesen; wir alle standen einander so nahe, machten alles zusammen und teilten so viel Liebe zwischen unseren zwei kleinen Familien. Joanna, Lucys Mom, hatte meiner Mom und Tom das Versprechen abgenommen, die Familien zusammenzuhalten. Sie hatten sich bemüht, zu tun, was sie gewollt hatte, und das hatte sie Lucy gekostet. Diese hatte einfach nicht akzeptieren können, dass ihr Dad so schnell weitergemacht hatte oder dass meine Mom ihre beste Freundin derartig verraten konnte.

Ich hatte mich so sehr bemüht, sie zur Vernunft zu bringen, aber das hatte mich in ihren Augen genauso schuldig dastehen lassen wie die beiden. Sie wollte nichts hören, was nicht ihrer Meinung entsprach. Und dann war sie fort und ich verlor die beste Freundin und das wundervollste Mädchen in der ganzen Welt. Bedachte man all die Meilen, die Tom und ich abgedeckt hatten, und all die College Campus, die wir besucht hatten, musste ich Callie zustimmen. Ich würde sie vermutlich nicht wiederfinden.

Und selbst wenn ich das tat, gab es da noch immer die Tatsache, dass sie meine Stiefschwester war, die überwunden werden musste. Klar, wir waren keine Blutsverwandte oder so etwas, aber viel zu viele Leute würden es falsch finden und sie wahrscheinlich auch. Vielleicht hatte sie ohnehin nie auf die gleiche Weise für mich empfunden. Ich hatte immer davon geträumt, dass aus unserer Freundschaft mehr werden könnte, doch irgendetwas schien sich uns immer in den Weg zu stellen.

„Erde an Cole? Irgendjemand zu Hause? Sorry, Herzchen, ich wollte nicht so grausam klingen." Callie legte eine schlanke Hand auf meinen Arm. Ihre Nägel waren wie immer perfekt maniküürt in einem Scharlachrot, das glänzte und im Licht funkelte. Dieses kleine Detail amüsierte mich stets, da sie sonst keinerlei Make-up trug, nur ihre charakteristischen Krallen, die laut klackerten, während sie in Rekordgeschwindigkeit tippte.

„Nein, du hast recht. Ich muss nach vorne schauen. Aber weshalb hast du mich hierherkommen lassen? Normalerweise haltet ihr beide mich nicht über all die Vorgänge bei Glitch am Laufen. Ihr wollt eindeutig nicht meine Meinung dazu hören, ob ich es für eine gute Idee halte oder nicht."

Ein breites Grinsen breite sich auf Jakes mondförmigem Gesicht aus. „Tja, wir haben uns gefragt, ob du Zeit hättest, die Programmierung der App zu übernehmen? Ich bin überlastet mit den Updates für all die Spiele, Callie steckt bis zum Hals in Arbeit an diesen merkwürdigen, mädchenhaften Rezeptspielen und Coupon-Apps und Dingen, mit denen sie sich sonst noch beschäftigt", gab Jake zu.

Sie gaben mir öfters einen vereinzelten Programmierauftrag, wenn sie unter Arbeit begraben waren. Ich musste gestehen, dass ich dankbar war. Sie bezahlten mich gut und die Arbeit hatte auch dazu beigetragen, dass es mir gelungen war, es durchs College und ein Jahr des fortgeschrittenen Jurastudiums zu schaffen, ohne irgendwelche Studentendarlehn anzuhäufen. In Anbetracht dessen, dass unsere Familie nicht viel

Geld zu erübrigen hatte, war das ein echtes Geschenk des Himmels gewesen.

„Super Art ein paar der erfolgreichsten Apps, die wir führen, schlecht zu machen, Jake." Callie versuchte, eingeschnappt auszusehen, aber schaffte es nur, so idiotisch wie Jake zu grinsen.

Sie warteten auf meine Antwort und starrten mich beide eindringlich an. Offensichtlich waren sie wirklich aufgeregt und das verhieß üblicherweise nur Gutes für sie und ihre Bankkonten. Ihr erstes gemeinsames Projekt, eine Such-App für Studentenverbindungen am Campus der UCLA, war so bliebt gewesen, dass jede Universität verlangt hatte, dass sie auch eine für sie erstellten. Sie hatten das Studium abgebrochen und nie zurückgeblickt – außer, um sicherzustellen, dass ich ohne sie nicht ins Schwimmen geriet.

Ich dachte über das Angebot nach und versuchte, mir darüber klarzuwerden, ob ich es in meinem bevorstehenden vollgestopften Terminkalender unterbringen könnte. Callies Nägel tippten ungeduldig auf den Tisch.

„Nun, mein Praktikum in der Staatskanzlei fängt in ein paar Wochen an, aber ich könnte vermutlich den Großteil bis dahin für euch erledigen, je nach dem wie komplex ihr es braucht", sagte ich und lächelte.

Sie atmeten gleichzeitig erleichtert aus – sie hatten beide ihren Atem in Erwartung meiner Antwort angehalten. Sie hoben ihre Biergläser zum Toast.

„Auf ‚Wooed and Won' – es wird uns unfassbar reich machen!", schrie Callie glücklich. „Cheers!" Wir ließen die Gläser laut aneinander klirren und tranken gierig. Jake bedeutete dem Barkeeper, uns noch eine Runde Shots zu bringen, und es dauerte nicht lange, bis wir alle blau wie Strandhaubitzen waren.

„Hey Jake, machst du beim Esswettbewerb mit?", fragte der Barkeeper, als er noch einen Krug Bier zum Tisch brachte.

„Esswettbewerb? Sag mir wann und wo!", rief Jake begeistert, erhob sich von seinem Stuhl und fiel fast wieder nach unten. Ihm gelang es gerade so, Haltung zu bewahren, während wir kicherten, und dann marschierte er zur Bühne.

„Oh armes Baby, er denkt, das wird so eine all-you-can-eat Sache", sagte Callie, in deren glockenklarer, spöttischer Mädchenstimme Sorge mitschwang. „Er wird niemals auch nur die Hälfte von dem Zeug auf der Liste schaffen." Sie las den Flyer, den der Barkeeper zurückgelassen hatte. Ich nahm ihn ihr weg.

„Du unterschätzt ihn Callie. Ich habe ihn schon Sachen verschlingen sehen, die bessere Männer zum Weinen gebracht haben. Hier steht nichts drauf, das er nicht runterkriegen könnte. Er wird schon klarkommen."

Callie musterte mich und ich hätte schwören können, dass ich sah, wie sich ihre Augen verengten. Eine ihre Augenbrauen hob sich und ein schelmisches

Leuchten trat in ihre Augen. Das konnte nicht gut sein, dachte ich.

„Willst du darauf wetten, Kent?"

„Oh, echt jetzt?"

„Komm schon, lass deinen Worten Taten folgen", stichelte sie.

„Warum nicht, eine nette freundschaftliche Wette? Jake wird mich nicht im Stich lassen, wenn es um Essen geht."

„Dann lass uns einen Wetteinsatz aussuchen, okay? Wenn du gewinnst, was möchtest du von mir?"

„Dass du deine Version von Tina Turner auf diesem Tisch, heute Abend, vor allen zum Besten gibst", antwortete ich, womit ich mir die eine Sache ausdachte, die ihr am meisten Angst einjagen würde. Sie schluckte nervös, aber fing sich ziemlich schnell.

„Okay, ich möchte, dass du die erste Person bist, die sich für die App anmeldet, wenn sie online und funktionstüchtig ist. Und ich möchte, dass du einen ganzen Monat lang mindestens mit einer Frau von der Seite pro Woche auf ein Date gehst."

Jetzt war ich derjenige, der schluckte. Das war ein ziemlich hoher Einsatz.

„Das ist nicht sehr fair...", murrte ich. „Wenn ich gewinne, musst du dich maximal für fünf Minuten blamieren, aber wenn ich verliere, muss ich mich vier Nächten purer Folter aussetzen!"

„Angsthase?", fragte sie und streckte ihre Zunge raus. „Hey, sieh es so, als würdest du uns einen Gefallen tun. Die Frauen, die sich dort anmelden, werden ganz aus dem Häuschen sein, ein Date mit dir zu haben Cole. Deren Feedback könnte fantastisch für uns sein. Und man weiß nie, vielleicht findest du ja sogar die Frau deiner erwachsenen Träume, nicht nur die deiner Kindheitsträume."

„Schön! Klar, warum nicht." Ich überkreuzte die Finger unter dem Tisch und betete, dass ich das nicht bereuen würde.

2
LUCY

„Du hast was getan?!", brüllte ich, während mich Alison nur albern angrinste. „Wie konntest du etwas so Dämliches tun? Ich bin nicht einsam. Ich brauche es nicht, dass du versuchst, mich mit der Cousine der Schwester deiner Friseurin zu verkuppeln. Und ich brauche es ganz bestimmt nicht, dass du meine persönlichen Informationen in eine App wie ‚Wooed and Won' eingibst. Ich meine, was für ein lächerlicher Name. Was wissen die schon darüber, Leute im echten Leben zusammenzubringen? Ich wette, sie ordnen mich am

Ende irgendeinem Physiknerd zu, der kein Date bekommen könnte, wenn sein Leben davon abhinge. In der App wimmelt es wahrscheinlich nur so vor betrügenden Ehemännern und der Sorte Typen, die niemand auch nur mit der Kneifzange anfassen will!"

„Hol mal Luft, bevor du noch ohnmächtig wirst, du läufst schon lila an! Bei dieser App ordnen sie einem niemanden zu. Ich weiß, wie pingelig du bist und ich habe es aufgegeben, dich mit irgendjemandem zu verkuppeln, aber diese App könnte cool sein. Du durchsuchst die Seite und schaust selbst nach, wer dich interessiert", neckte sie mich, eindeutig kein bisschen berührt von meiner Rede.

Sie versuchte nicht einmal, ihr Gelächter unter Kontrolle zu bringen. Das verstärkte nur den Wunsch in mir, sie zu erwürgen. Alison ist super, wirklich. Sie ist meine beste Freundin und ich vergöttere sie, aber manchmal kommen ihr einfach diese verrückten Ideen in den Sinn. Die meisten Leute würden sie einfach beiseiteschieben, aber nein, meine verrückte und niedliche Kumpeline muss sie in die Tat umsetzen.

„Du arbeitest zu viel und du triffst dich nie mit jemand anderem als mir. Um Himmels willen Lucy, du bist erst zweiundzwanzig! Du brauchst ein Leben. Du kannst nicht ewig wie eine Einsiedlerin leben! Wir sollten eigentlich dort draußen sein, Spaß haben, Männer kennenlernen und uns von ihnen von den Füßen reißen lassen!"

Ich knurrte sie an und sie lachte erneut. „Alison, ich habe keine Zeit für Spaß oder zwanglose Dates, geschweige denn für eine beschissene App, die nur noch mehr von meiner Zeit verschwenden wird. Ich habe sowieso schon nicht genug Kunden und wenn ich mich nicht weiterhin richtig reinhänge, werde ich dieses Geschäft nie in die grünen Zahlen bringen."

Alison warf verzweifelt die Hände in die Luft.

„Ich muss das tun Ali. Ich liebe

meine Arbeit als Innenarchitektin, aber es hat mich eine Menge Geld gekostet, meine Abschlussprüfungen zu machen und du weißt, dass ich immer noch versuche, meinen Master zu beenden – was mehr Gebühren und mehr Materialien für mein Arbeitsportfolio bedeutet. Ich habe ohnehin schon wirklich Probleme, über die Runden zu kommen. Wenn ich mir momentan irgendeine Pause nehme, werde ich alles verlieren, wofür ich so hart gearbeitet habe", sagte ich und seufzte.

„Süße, ich weiß genau, wie hart du arbeitest. Ich sehe dich jede Nacht über diesen Büchern und Zeitschriften brüten, wie du Skizzen und Mood-Boards für deine Kurse und Kunden anfertigst, aber sieh dich doch nur mal an." Sie stand von unserer abgenutzten Couch auf und schleifte mich zu dem Spiegel im Flur. „Schau, du bist nur noch Haut und Knochen und hast Ringe unter den Augen, auf die eine frischgebackene Mom von Fünflingen stolz wäre."

Ich versuchte, nicht hinzusehen, denn tief in meinem Inneren wusste ich, dass sie recht hatte. Ich vermied mittlerweile seit Monaten sämtliche spiegelnden Oberflächen. Ich achtete nicht auf mich und das zeigte sich. Meine einst glänzenden und lockigen rotbraunen Haare waren in einem fettigen Pferdeschwanz nach hinten gebunden. Ich hatte mir seit über sechs Monaten keinen Friseurtermin leisten können. Und meine Kleider hingen wie Säcke an mir. Ich fand untertags selten Zeit, überhaupt etwas zu essen, ganz zu schweigen davon, mir etwas Gesundes zuzubereiten, wenn ich denn mal etwas aß. Zudem sah meine Haut von all der Zeit, die ich eingesperrt in der Wohnung verbrachte, fahl und grau aus.

„Okay, dann muss ich halt ein bisschen aufgepeppt werden. Aber hättest du mir nicht wenigstens erlauben können, mich herzurichten, bevor du mich auf einer Dating-App anmeldest?"

„Schau dich einfach nur ein bisschen

um. Du kannst der Vergangenheit nicht ewig hinterher jammern und zulassen, dass sie deiner Zukunft in die Quere kommt, Luce."

Sie hatte es noch nie zuvor gewagt, so unverblümt mit ihr zu sprechen. Es hatte Hinweise gegeben, klar, aber sie hatte sich nie hingestellt und es so direkt gesagt. Sie sprach natürlich von Cole. Nur eines der Tabu-Themen, wenn man mit mir zu tun hatte, und ich hasste sie dafür, dass sie mich dazu brachte, über ihn nachzudenken oder überhaupt an irgendetwas von dem Zeug von damals zu denken.

Der umwerfende Cole Kent, der die Highschool erträglich gemacht hatte. Der nicht von meiner Seite gewichen war, als meine Mom an Krebs gestorben war. Der der süßeste und netteste Junge gewesen war, den ich nicht häufiger als einmal hatte küssen können. Mein bester Freund, mein Fels in der Brandung und der Kerl, mit dem sich jeder würde messen müssen und nie dazu in der Läge sein würde – bis er mein Stiefbruder geworden und meine ganze Welt zu Staub zerfallen war.

Alison küsste mich auf die Stirn und schlüpfte in ihren Mantel. „Denk darüber nach Luce, vielleicht ist es an der Zeit, die Vergangenheit ziehen zu lassen und wenigstens etwas Spaß in der Gegenwart zu haben. Und brüll mich nicht wieder an", sagte sie rasch, als sie sah, dass ich schon dazu ansetzte, mich zu verteidigen. „Ich weiß, was damals passiert ist und ich weiß, wie sehr es dich verletzt hat. Aber du kannst das nicht noch länger gären lassen. Um Himmels willen, besorg dir Hilfe, geh auf ein oder zwei Dates, und bau dir ein Leben auf, das dich glücklich macht, damit du das Ganze wirklich in der Vergangenheit lassen kannst, wenn sie wahrhaftig der Ort ist, wo du deine Familie lassen möchtest. Hör auf das alles die ganze Zeit wie eine gigantische Sträflingskugel mit dir herumzuschleppen. Nicht für mich, sondern für dich. Du verdienst es nicht, ständig so verdammt unglücklich zu sein."

Ihre Worte durchdrangen meine schwache Verteidigung. Gott, ich hasste es, wenn sie recht hatte.

Sie öffnete die Tür und betrachtete mich zärtlich. „Ich liebe dich Luce und du verdienst etwas Besseres als das, was du dir selbst erlaubst. Ich muss zur Arbeit, aber denk über das nach, was ich gesagt habe, während ich fort bin, bitte?"

Ich nickte, aber wusste, dass dieses Gespräch in den Ordner mit dem Etikett ‚Denk Nicht Daran' in meinem Kopf gestopft werden würde, zumindest vorerst.

Ich schlurfte zurück ins Wohnzimmer und ließ mich schwerfällig auf das Sofa fallen. Gedanken an Cole begannen den Grenzen der abgeschlossenen Box, in der ich meine gesamte Vergangenheit eingesperrt hatte, zu entschlüpfen. Ich bemühte mich, sie wieder in das schwarze Loch zu verbannen, aber je angestrengter ich das versuchte, desto mehr dieser Gedanken zerplatzten wie Blasen vor meinen müden Augen.

Er war einer dieser Jungen gewesen, die einfach nur perfekt waren. Doch tief in seinem Inneren schlug das Herz eines richtigen Nerds, er war auch ein Sportler, ein Schwimmer. Er hatte das ganze Jahr über eine gebräunte Haut, weil er jeden Tag im Schwimmbad war, sein Rücken war ein umwerfendes V muskulöser Perfektion. Seine Waschbrett-Abs brachten jeden zum Sabbern.

Alle Mädchen waren scharf auf ihn, einschließlich mir, trotz seines Rufs, super schlau und ein IT-Genie zu sein. Doch er war auch der netteste und liebenswürdigste Junge der Welt und mein allerbester Freund. Gottverdammt, ich vermisste ihn so viel mehr, als ich es mir jemals eingestehen wollte.

Mom, Dad und ich hatten einander so nahegestanden. Ich denke, wenn man ein Einzelkind ist – insbesondere eines, das die Eltern als ein Wunderbaby bezeichnen, weil es nach jahrelangen Empfängnisproblemen auf die Welt gekommen war – ist die Beziehung zu den Eltern einfach viel intensiver. Meine Mom war die beste und sie hatte immer Zeit für mich. Sie ermutigte mich, meine Liebe für Kunst und Kunsthandwerk zu entwickeln, ließ mich ihr helfen, wenn sie das Haus dekorierte und vermittelte mir die Überzeugung, dass alles möglich ist, wenn man es nur stark genug will. Dad, ein gelernter Zimmermann, lehrte mich, wie man Hammer und Bohrer verwendet, und inspirierte mich dazu, jegliches Holz, das unnütz in der Garage herumlag, zu benutzen, um zu erschaffen, was auch immer ich wollte.

Unser Heim war erfüllt von Lachen und Liebe. Oh, wie sehr ich mich doch danach sehnte, in diese Zeit zurückzukehren, als alles einfach und unkompliziert war... und als ich noch Cole hatte.

Aber dann kam der Krebs.

Er vergiftete jede Minute jeden Tages, während wir dabei zusahen, wie Mom immer schwächer und kränker wurde. Und dann war sie tot und ich wusste nicht mehr, was ich tun sollte. Ich war nur noch eine Hülle, die behutsam von Coles Zärtlichkeit zusammengehalten wurde, doch dann wurde auch er mir weggenommen.

Alles nur wegen meines Dads und Stephanie, Coles Mom.

Dad war genauso verloren wie ich und wäre nicht Tante Steph gewesen – die nicht wirklich eine Tante war, sie war die beste Freundin meiner Mom – dann denke ich, wäre er ebenfalls ganz in seiner Trauer versunken. Doch bald änderte sich das alles; zu viel und zu schnell und es gab kein Zurück.

Ali hatte diesbezüglich recht. Ich musste aufhören, mich davon beherrschen zu lassen. Das Ganze lag in der Vergangenheit und ich musste einen Weg finden, dafür zu sorgen, dass es auch so blieb. Therapie wäre vermutlich meine beste Chance, aber Dating kam mir plötzlich wie die leichtere und noch dazu billigere Option vor.

Ich nahm mein Handy in die Hand und klickte auf die ‚Wooed and Won'- App, die Alison darauf installiert hatte. Ich grinste, als ich sah, dass sie ein tolles Foto von mir ausgesucht hatte, Gott sei Dank. Es war das Foto von meinem Abschluss der Rhode Island School of Design. Ich sah so glücklich und stolz aus. Es war alles, wovon ich jemals geträumt hatte, und ich hatte so hart dafür gearbeitet – aber als ich den Schnappschuss näher betrachtete, verblasste mein Grinsen und ich erkannte, dass in meinen Augen ein gehetzter Ausdruck lag. Ich erinnerte mich daran, meine Studienkollegen mit ihren Familien an jenem Tag gesehen und einen winzigen Anflug von Reue verspürt zu haben, weil meine eigene Familie nie wissen würde, dass ich meine Träume erreicht hatte. Ich hatte mir selbst eingeredet, dass es ihr Verlust war, aber selbst jetzt dachte ich noch, dass es vielleicht meiner war.

Ich schüttelte den Kopf, um ihn von den Erinnerungen zu befreien, und tippte lässig auf dem Display herum, um durch die Liste an Namen und Bildern zu scrollen. Ich hatte so was von recht gehabt und verließ die App beinahe angeekelt. Der Großteil waren entweder komplette Ekelpakete oder absolute Nerds. Eine Fülle an dicken Brillengestellen und Schürzenjägern mit haarigen Oberkörpern und protzigen Ketten blickte mir entgegen. Ich lachte. Was war das nur heutzutage?

Das war doch keine Methode, um die Liebe seines Lebens zu finden, als würde man sich ein Kleid aus einem Katalog aussuchen. Die Analogie brachte mich zum Lächeln. Ich versuchte so oft, Kleider online oder aus einem Katalog zu bestellen, weil ich shoppen hasste, aber ich schickte das meiste wieder zurück, weil es einfach nicht passte oder die Kleider nicht so hübsch waren, wie sie auf den Bildern ausgesehen hatten. Wie es den Anschein machte, schien Online-Dating so ziemlich dasselbe zu sein – doch wenn diese Kerle in Fleisch und Blut noch schlimmer aussahen oder noch langweiliger waren, als ihre Profile es erkennen ließen, igitt!

Nur ein Profil stach für mich heraus, ein rätselhafter Mann wie es schien. Es gab kein Foto und das hätte mir eigentlich Kopfzerbrechen bereiten sollen. Ich kam nicht umhin, mich zu fragen, warum ein Mann, der so selbstbewusst und glücklich klang, kein Bild hochladen sollte, aber „Apollo" hatte sich dafür entschieden. Ich verdrehte die Augen wegen des Profilnamens, den er sich gegeben hatte, aber konnte nicht anders, als noch fasziniert zu sein. Vielleicht wollte er aus der Menge herausstechen oder vielleicht war er sogar noch erbärmlicher als die anderen Nerds – und das würde etwas heißen!

Ich studierte den Rest seines Profils; es war süß und animierend. Er mochte Literatur und nicht nur das Action-Thriller-Zeug. Meine Augenbrauen schossen in die Höhe, als ich las, wie er seine Liebe für „Jahrmarkt der Eitelkeit" und „Sturmhöhe" verkündete, zwei meiner allerliebsten Lieblingsbücher. Aber vielleicht schrieb er ja auch nur völligen Stuss.

Er schrieb, dass er gerne kochte und lange Spaziergänge unternahm, und nannte am Meer sein und Wassersportarten als seine liebsten Dinge. Ich käme gut ohne den Teil mit den langen Spaziergängen zurecht, aber ich liebte es, am Meer zu sein. Das weckte stets glücklichere Erinnerungen an Tagesausflüge, als ich noch winzig gewesen war. Klar, er sagte, er liebte Computer und das ließ ein paar Warnsignale in meinen Gedanken aufleuchten, aber ich versuchte, mir ins Gedächtnis zu rufen, dass Cole ebenfalls Computer gemocht hatte und er war in jeder Hinsicht fantastisch gewesen. Apollo befand sich ebenfalls in einem weiterführenden Studium wie ich, auch wenn er überraschenderweise nicht verriet, was er studierte, nur dass er hier in Providence auf die Universität ging.

Ich kam nicht umhin, sein Profil zu lesen und zu denken, dass er zu gut klang, um wahr zu sein. Ich knabberte an meiner Unterlippe, während mein Finger über dem kleinen Kontakt-Knopf schwebte.

Es konnte ja nicht schaden, wenigstens mal Hallo zu sagen, oder?

3

COLE

Ich sprang einen Meter in die Luft, als mein neues Handy laut in meiner Tasche vibrierte, wodurch ich mir den Kopf heftig an der Truckdecke anstieß. Ich hatte das neue Handy erst gestern geholt, ein kleines zusätzliches Geschenk von Callie, weil ich an der App gearbeitet hatte. Allerdings hatte ich noch keine Zeit gehabt, die grundlegendsten Funktionen durchzugehen.

Mom hatte mir gesagt, ich solle mich mit dem Handbuch hinsetzen und mir alles so aneignen, doch ich hatte nur gelacht – das war so ein Frauending. Ich würde es schon herausfinden. Ein Handy ist immerhin so ziemlich das Gleiche wie das andere. Mit zunehmendem Alter schien ich meine Besessenheit für Gadgets verloren zu haben. In der Vergangenheit wäre ein neues Spielzeug wie dieses innerhalb von Augenblicken auseinandergenommen worden, aber jetzt war ich einfach froh, wenn sie taten, wofür ich sie brauchte.

Ich rieb mir geistesabwesend über meinen schmerzenden Kopf, während ich das Handy aus meiner Jeanstasche riss, wobei ich damit zu kämpfen hatte, mein Wechselgeld daran zu hindern, ihm zu folgen und sich auf dem Boden zu verteilen. Ich brauchte wirklich neue Hosen oder müsste etwas öfter ins Schwimmbad gehen. Nur ein paar Wochen in einem fordernden Schreibtischjob ohne Zeit, im Fitnessstudio oder Schwimmbad zu trainieren, hatte mich auf Arten, die ich nicht wollte, fülliger werden lassen. Auch wenn ich dankbar war, dass mein Oberkörper noch immer so definiert war wie zuvor, würde es nicht allzu viel brauchen, um wieder in Form zu kommen.

Das schockierende Vibrieren hatte die Ankunft einer E-Mail von ‚Wooed and Won' angekündigt.

Das wird absolut das letzte Mal sein, dass ich darauf wette, dass Jake dafür bereit ist, alles zu essen, dachte ich.

Nachdem er Wings, die in einer Cayenne-Pfeffer-Soße schwammen, und einen ganzen Korb frittierter Heuschrecken gegessen hatte, hatte er bei einer einfachen grünen Olive schlapp gemacht. Anscheinend waren die sein Kryptonit. Ich hielt mich an unsere Abmachung und löste meinen Wetteinsatz ein. Callie hatte jedoch ziemlich akkurat vorhergesehen, dass es tatsächlich eine Armee an Leuten gab, die nicht den Mut hatten, jemanden um ein Date zu bitten, und irgendwie hatte ihre Werbung sie alle gefunden.

Die App platzte nicht gerade vor umwerfenden, klugen und gewitzten Frauen. Es war eher ein Himmel für die Ruhigen, Cleveren und Ungewöhnlichen. Kandidatinnen auszusortieren, erwies sich als sehr anstrengend. Klar, sie waren klug, aber Sozialfähigkeiten und gemeinsame Hobbies schienen null, *nada*, nichts zu sein! Ich war bereits gezwungen gewesen, drei der schlimmsten Dates meines Lebens zu ertragen. Mir stand nur noch eines bevor und dann wäre mein Wetteinsatz erfüllt. Ich betete, dass wer auch immer mir dieses Mal geschrieben hatte, interessanter als die beste des Haufens bisher war: eine dreißigjährige Bibliothekarin, die Zierdeckchen sammelte und häkelte.

Da ich einen weiteren Zusammenstoß mit der Decke vermeiden wollte, beschloss ich, die Nachricht später zu lesen, und sprang aus dem Führerhaus meines klapprigen, alten Trucks und lief die Kiesauffahrt zum Gartentor hoch.

Die Sonne schien noch und der Himmel war in einen Hauch aus Rosa und dunkler werdendem Orange gehüllt, während sie sich dem Horizont entgegenneigte, was bedeutete, dass alle hinten im Garten sein würden. Sie würden sich an dem kleinen Swimmingpool erfreuen, den Tom zu einem großartigen Rabatt hatte ergattern können, als einer seiner Kunden angeboten hatte, Fähigkeiten auszutauschen. Seit seiner Ankunft war die Familie kaum noch im Haus zu finden gewesen, weil sie so aufgeregt waren, ein solches Luxusgut zu besitzen. Tom und meine Mom saßen dieser Tage immer auf den Liegestühlen und nippten an Mojitos. Hoffentlich würden sich in der Kühlbox auch ein paar Bier finden lassen.

Heute war definitiv kein Tag für einen Cocktail. Mir lief das Wasser im Mund zusammen bei dem Gedanken an ein eiskaltes Bier, das bald auf meine Geschmacksnerven treffen würde. Es war eine anstrengende Reise von Newton nach Hause gewesen. Der Verkehr war schrecklich gewesen, als ich die Grenze zwischen Rhode Island und Massachusetts überquert hatte. Die normalerweise einhalbstündige Fahrt hatte an die drei Stunden gedauert und nach drei durchgemachten Nächten und zwei Wochen knochenharter Arbeit in der Kanzlei war ich erledigt.

Mein zweites Jahr als Sommerpraktikant im Büro der Staatsanwaltschaft von Providence erwies sich als wirklich augenöffnend. Als Assistent des Assistenten des Staatsanwalts zählte ich zum Niedrigsten der Niedrigsten, aber die Erfahrung würde gut auf meinem Lebenslauf aussehen. Ich hatte schon immer Anwalt werden wollen, um genau zu sein ein Pflichtverteidiger. Ich war der Meinung, dass jeder das Recht auf einen fairen Prozess und eine gute Verteidigung hatte.

Ich schnappte sehr viel darüber auf, wie man einen soliden Fall aufbaute, und obwohl ich momentan auf der „falschen" Seite stand, lernte ich, wie man seinem Gegner die Lage erschwerte, aber es war verdammt harte Arbeit! Die Kanzlei hatte häufig mit einigen ziemlich abscheulichen Verbrechen zu tun und aktuell versuchten wir, einen Kerl hinter Gitter zu bringen, wo er hingehörte, nachdem er einen Tankstellenbesitzer brutal angegriffen und ihm jeden Penny abgenommen hatte. Er hatte allerdings einen spitzen Verteidiger und seine Lakaien erschwerten uns einiges, indem sie versuchten, uns unter allen möglichen Bagatellen und Papierstapeln, die eine Meile hoch waren, zu begraben. An den Wochenenden, an denen ich dazu in der Lage war, nach Hause zu kommen und Zeit mit meiner Familie zu verbringen, half mir, mich zu entspannen, obwohl ich immer das Gefühl hatte, als würde etwas, jemand, fehlen.

„Cole, gehst du morgen bitte mit mir in den Zoo?", fragte Morgan. Meine niedliche Halbschwester tauchte aus dem Pool auf, tropfnass in einem knallroten Badeanzug, auf dessen Vorderseite ein Elmo mit offenem Mund abgebildet war. Sie streckte mir die Arme entgegen, weil sie wollte, dass ich sie hochhob und herumwirbelte.

„Klar, aber willst du nicht lieber mit Mommy und Daddy hingehen?"

Sie schüttelte ihren Lockenkopf. „Du bist witziger und du kaufst mir immer Eis", sagte sie, nachdem sie ernsthaft über ihre Antwort nachgedacht hatte.

Darüber musste ich einfach lachen. Ich war mir mit siebzehn nicht sicher gewesen, ob ich für eine neue Schwester bereit war, aber ich vergötterte sie, obgleich sie mich so sehr an ihre andere Halbschwester erinnerte, als sie in dem Alter gewesen war. Das gleiche rotbraune Haar, die fröhliche Persönlichkeit, die großen, tiefgrünen Augen. Es war, als hätten wir immer noch ein bisschen von Lucy hier bei uns. Die Lücke könnte nie gefüllt werden, aber es half auf jeden Fall den Zwerg um uns zu haben, der uns alle auf Trab hielt.

Ich hob sie hoch und ließ sie durch

die Luft schwingen, während sie wie irre kicherte.

„Ich geh besser und zieh mich um. Ich bin gleich wieder da", erklärte ich, als ich sie auf den Boden stellte und sich ihr niedlicher Mund zu einem Schmollmund zu verziehen begann. Ich zerzauste ihr die nassen Haare und gab ihr einen schnellen Kuss. „Ich werde nicht lange brauchen."

„Versprochen?", fragte sie.

„Großes Indianerehrenwort", erwiderte ich, ohne zu zögern, und streckte meinen kleinen Finger raus. Morgan streckte rasch ihren eigenen kleinen Finger raus und schlang ihn um meinen.

„Deal", sagte sie und lächelte von einem Ohr zum anderen, wobei sie ein weiteres Mal ihre Grübchen offenbarte, und dann so schnell sie konnte zurück zum Pool sprintete.

„Hey Cole", sagte Mom liebevoll, als sie mit einem Tablett voll eisgekühlter Getränke auftauchte.

„Die sehen gut aus", lobte ich, während sich mir beim Anblick der langhalsigen Bierflaschen, die mit Kondensationstropfen überzogen waren, die Spucke im Mund sammelte. Mom lachte.

„Wie lange bleibst du dieses Mal, Schatz?"

„Warum, willst du mich schon wieder loswerden?", neckte ich sie, denn ich wusste, dass sie nur allzu glücklich wäre, wenn wir alle zu Hause wohnen würden bis zu dem Tag, an dem wir starben.

„Nie, aber ich kenne dich. Dur wirst bald wieder deinen Freiraum wollen."

Ich musste gestehen, dass es, nachdem Morgan auf die Welt gekommen war, so sehr ich sie auch liebte, viel lauter und schwieriger geworden war, mich zu Hause meinem Lernstoff zu widmen oder irgendetwas auf die Reihe zu kriegen. Als sich die Gelegenheit ergeben hatte, die UCLA zu besuchen und dann das Jurastudium an der Roger Williams University auf einem vollen Stipendium zu machen, hatte ich sie ergriffen. UCLA im Besonderen war weit weg von zu Hause gewesen und es war hart gewesen, so weit weg zu sein, aber es hatte auch bedeutet, dass ich meine Wochenenden dazu hatte nutzen können, die Schulen an der Westküste nach Lucy abzusuchen, während Tom die Ostküste übernommen hatte.

Als ich als einer der besten Fünf in meinem Jahrgang meinen Abschluss gemacht hatte, hatte ich einen Platz für Harvard gewonnen, was ein wenig näher an zu Hause gewesen wäre. Doch die Gebühren waren für mich nicht erschwinglich gewesen und wegen des heftigen Konkurrenzkampfes dort hatte es auch keine finanzielle Unterstützung gegeben. Roger Williams war ein bisschen weiter entfernt und hatte natürlich längst keinen so guten Ruf, aber das Stipendium und Geld, das ich von der Arbeit für Callies und Jakes Firma Glitch bekam, bedeuteten, dass ich mir allein ein nettes kleines Apartment leisten konnte.

Es half auch, dass es nicht zu weit weg war von dem Ort, wo sie ihr Büro in Providence eingerichtet hatten. Meine zwei besten Freunde in der Nähe zu haben, nachdem uns zwei Jahre lang der ganze Kontinent für den Großteil des Jahres getrennt hatte, war definitiv ein Pluspunkt für Rhode Island.

Jake hielt Rhode Island für den besten Ort auf der ganzen Welt und hatte es vermisst, als wir alle gemeinsam auf der UCLA gewesen waren. Er hatte es nicht erwarten können, wieder nach Hause zu gehen, und als seine und Callies erste Zusammenarbeit angefangen hatte, richtig viel Geld einzubringen, hatte er die Gelegenheit ergriffen, das Studium hinzuwerfen und zurückzukehren. Plötzlich wurde mir schlagartig klar, dass Callie ihn wirklich lieben musste. Warum sonst hatte die sexy Kalifornierin nicht darauf bestanden, zu ihrem Haus am Strand an der Westküste zurückzukehren?

Nein, sie hatte nicht einmal innegehalten, um darüber nachzudenken. Sie hatte einfach ihre Sachen gepackt und war gegangen, um mit ihm im Osten zu arbeiten. Wie hatte ich nur so blind sein können? Vielleicht war das wieder so eine Eitelkeitssache, denn wie Jake war ich immer davon ausgegangen, dass sie, wenn sie für jemanden schwärmte, es vermutlich ich war. Tja, ich würde mich ein wenig als Kuppler verdingen, wenn ich wieder zurück war, und würde diese Idioten in die Arme des jeweils anderen treiben, wo sie hingehörten. Wenn ich so auf die Jahre unserer Freundschaft zurückblickte, fragte ich mich, warum ich das vorher nicht gemerkt hatte – es hatte einfach so viele Hinweise gegeben!

„Leider nur heute Nacht, Mom. Ich muss bis Sonntagnachmittag wieder im Büro sein. Wir haben ein letztes Strategietreffen, bevor der Prozess am Montag anfängt."

„Dann müssen wir die Zeit mit dir vollends ausschöpfen. Geh und zieh dich um, du musst ja vor Hitze umkommen. Ich werde versuchen, deine Schwester vom Pool loszueisen und sie ins Bett verfrachten. Ich hab sie nur so lange aufbleiben lassen, weil sie wusste, dass du kommst. Es hätte keinen Sinn gemacht, es auch nur zu versuchen, sie wäre ohnehin alle fünf Minuten aufgestanden, um zu schauen, ob du schon da bist! Also, wenn du irgendwelche Schreie hörst, das bin wahrscheinlich ich", sagte sie.

„Jetzt mach aber keinen Lügner aus mir. Ich habe Morgan versprochen, dass ich zum Spielen zurückkommen würde", entgegnete ich.

„Oh, na schön", sie lachte und verdrehte die Augen. „Sie kann noch ein Weilchen aufbleiben. Geh und zieh deine Badehose an."

Ich nickte, rannte die Treppe hoch und sprang in die Dusche, um den Reiseschweiß von mir zu waschen.

Die Dusche war kalt und ich fühlte mich erfrischt, als ich sie verließ. Ich zog eine Badehose an und nahm mein

Handy in die Hand. Mir fiel die E-Mail ein und ich rief sie schnell auf. Es war die Benachrichtigung eines neuen Mitgliedes, das gerne mit mir chatten wollte. Ich seufzte schwer und klickte auf den Link, um zu der Seite zu gelangen. Ich erwartete nicht viel, aber dachte, dass dies mein letztes gefordertes Date sein könnte und dann wäre diese Hölle aus und vorbei.

Ich war nicht vorbereitet auf den Schock, den ich erhielt, als ich das Profilbild der Frau sah, die sich vielleicht mit mir treffen wollte. Ich war sogar gezwungen mich auf die Bettkante zu setzen.

Ich verspürte einen Wirbel widersprüchlicher Emotionen, mein Geist hob ab und mein Herz sank, während ich das Gesicht vor mir auf dem Display musterte.

Einerseits wurde mir bewusst, dass diese Kandidatin niemals mein letztes Date sein konnte, um die Wette zu beenden. Nein, ich musste immer noch nach ihr suchen. Ich seufzte leicht frustriert von der Aussicht auf einen weiteren Abend in der Gesellschaft der Verlorenen und Verschmähten von Rhode Island.

Doch andererseits wurde ich von Erleichterung überwältigt, als ich in die Tiefen der smaragdgrünen Augen dieser Fragenden blickte, hypnotisiert von ihrer absoluten Perfektion.

Lucy lebte und durch Glück oder einen Wink des Schicksals oder beides befand sie sich zum ersten Mal seit Jahren beinahe in meiner Reichweite. Ich schloss meine Augen, da ihnen Tränen zu entkommen drohten, holte tief Luft und erlaubte schließlich, all die Sorgen und Schmerz langsam aus meinem Körper ziehen zu lassen.

Dennoch wusste ich, dass es definitiv viel mehr als eine Woche an Emails und Textnachrichten brauchen würde, um mir das Vertrauen dieser Frau zu erarbeiten, damit sie sich mit mir auf ein Date traf.

Ich konnte mein Herz gegen meinen Brustkorb hämmern spüren.

Fuck sei Dank, dass ich jetzt wusste, wo sie war. Ich hatte mich im Verlauf der Jahre bemüht, meine Hoffnungen nicht zu groß werden zu lassen, hatte nie richtig daran geglaubt, dass ich sie finden würde, und dennoch war sie hier und strahlte mir auf dem Display entgegen.

Sie sah genauso feurig und eindeutig so entschlossen wie eh und je aus. Das Bild zeigte sie in einem Doktorhut und Talar, weshalb ich wusste, dass sie selbst ohne Unterstützung der Familie einen Collegeabschluss gemacht hatte. Das musste man einfach bewundern.

Was für ein Mädchen Lucy Rivers doch immer gewesen war. Ihr Gesicht war mir einst so vertraut wie meines gewesen, doch jetzt konnte ich die klaren Konturen und weniger rundlichen Züge einer Frau sehen, kein Mädchen. Sie sah härter und taffer aus als in meiner Erinnerung, aber ihre katzenartigen Augen waren immer noch von einer Traurigkeit erfüllt, die ich in ihnen gesehen hatte, als sie vor fünf Jahren mit Hass im Herzen gegangen war.

Doch trotz des gehetzten Ausdrucks in ihren Augen sah sie fantastisch aus. Ich konnte die übliche Anziehung spüren, die ihre Nähe als Teenager jedes Mal auf mich ausgeübt hatte, ein Schmerz in meinem Schritt und ein Verlangen, das ich nie abschütteln hatte können. Und all das wegen eines winzigen Profilfotos... ich konnte mir die Wirkung, die sie auf mich ausüben würde, wenn ich sie persönlich sah, nur ausmalen.

Dennoch könnte ich ihr überhaupt mitteilen, wer ich wirklich war?

Sie würde über alle Berge rennen, aber ich musste wissen, ob es ihr gut ging, musste versuchen, das Vertrauen, das wir einst teilten, wiederaufzubauen. Sie war die einzige Frau, die mich jemals so scharf und geil gemacht hatte, dass ich keinen klaren Gedanken mehr hatte fassen können. Es war schwer gewesen, zu versuchen, unsere lebenslange Freundschaft beizubehalten, während wir durch unsere Teenager-Jahre gestolpert waren.

Gott, ich erinnerte mich an jenen glorreichen Sommerabend als wäre es gestern. Wir waren beinahe einen Schritt weitergegangen... und dieser unglaubliche Kuss quälte mich noch bis zu diesem Tag.

Der perfekte Moment, als wir endlich allein gewesen waren, war unerwartet von den Neuigkeiten unterbrochen worden, die alles für immer verändern sollten. Ich konnte mich noch immer an den Frust erinnern, den ich verspürt hatte. Mein Schwanz war so hart und begierig gewesen und mein Körper hatte sich der Empfindung ihrer weichen Brüste, die sich gegen meine harte Brust gepresst hatten, beraubt gefühlt, ihrer seidigen Haut unter meinen Fingern.

Selbst jetzt brachten allein die Gedanken an jenen Abend, an dem wir allein in ihrem Schlafzimmer gewesen waren, meinen Schwanz vor Erregung zum Zucken. Oh, ich wollte sie... noch immer.

Ich schob den Drang, die Erinnerung weiter zu erforschen, beiseite, während ich versuchte, meinen nächsten Zug zu planen. Mir schwirrte der Kopf vor Unentschlossenheit.

Ich sollte Lucys Dad Tom und meiner Mom erzählen, dass es Lucy gut ging, dass ich sie zufälligerweise gefunden hatte. Sie würden wissen wollen, dass es ihr gut ging und sie sich ihren Traum, Innenarchitektin zu werden, erfüllt hatte. Sie hatten ein Recht, das zu erfahren, sagte ich mir, aber eine kaum merkliche Ahnung drängte mich dazu, die Information fürs Erste für mich zu behalten.

Schuld wirbelte in meinem Bauch umher. Tom war jahrelang krank vor Sorge gewesen und hatte versucht, sie aufzuspüren. Doch ohne das nötige

Geld, um einen Privatdetektiv anzuheuern, waren wir gegen eine Art Barriere gerannt. Die Polizei hatte sie für alt genug erklärt, um ihre eigenen Entscheidungen zu treffen. Dass sie ihr Zuhause verlassen hatte, hatte dem armen Mann das Herz gebrochen. Mom hatte sich bemüht, ihn zu trösten und die Ankunft von Morgan nur sechs Monate später hatte ihm vermutlich dabei geholfen, zu lernen, mit der Abwesenheit seiner geliebten ersten Tochter zu leben, aber er hatte es nie verwunden, dass sie für immer fort war. Es war für die beiden so schlimm gewesen, als sie geheiratet hatten, dass Lucy nicht da gewesen war und sie ihren Segen nicht gehabt hatten.

Es war auch für mich schlimm gewesen. Ich hatte die Vorstellung gehasst, dass das Mädchen, das ich vergötterte, jetzt meine Stiefschwester war, aber ich hatte es nicht halb so schlecht wie Lucy aufgenommen. Für sie war die Hochzeit meiner Mom und ihres Dads ein Verrat, den sie einfach nicht verwinden konnte.

Ich fragte mich, ob sie noch immer wütend war, oder ob ich jetzt vielleicht einen Weg finden könnte, der Freund zu sein, den sie damals so sehr gebraucht hatte, aber den zu sein mein idiotisches, hormongesteuertes Teenagerhirn sich zur damaligen Zeit nicht hatte überwinden können. Ich war auch wütend gewesen. Ich hatte sie so sehr gewollt. Der plötzliche Wechsel von besten Freunden – und beinahe mehr – zu Geschwistern hatte es wahnsinnig schwer gemacht, sich in ihrer Nähe aufzuhalten. Meine verzweifelten Versuche, sie dazu zu bringen, zuzuhören und nicht nur zu reagieren, hatten sie dazu getrieben, mich ebenfalls weiter von sich zu stoßen.

Doch anders als Luce hatte ich gewusst, dass Joanna, ihre Mom, selbst im Totenbett einen Plan ersonnen hatte, um sicherzustellen, dass ihr Ehemann von ihrer besten Freundin umsorgt und geliebt werden würde. Und ich war stur. Ich konnte und würde meine Mom oder Tom nicht dafür verurteilen, dass sie das getan hatten, worum Jo sie angefleht hatte – nicht einmal für Lucy.

Sie verdienten es auch, glücklich zu sein, und ich wusste, dass sie den Schmerz, den der jeweils andere durchgemacht hatte, linderten und das wahre Liebe zwischen ihnen wuchs. Es ging nicht nur um Jos letzten Wunsch; es ging auch darum, was ihnen beiden das Gefühl gab, wieder ganz zu sein. Ich würde niemals irgendjemandem dieses Gefühl verwehren wollen. Ich hoffte jeden Tag, dass ich meine bessere Hälfte finden würde, damit ich auch wieder ganz sein konnte. Und hier war sie, in Providence, Rhode Island – und plötzlich schien der Berg, den ich erklimmen musste, um ihr Vertrauen wiederzugewinnen, sogar noch höher zu sein als zu der Zeit, als ich keine Ahnung hatte, wo sie war!

4

LUCY

Ich konnte immer noch nicht fassen, dass ich eine Nachricht an „Apollo" geschickt hatte. Zum Teufel, ich muss besessen gewesen sein. Ich hatte keine Zeit für Dates und ich brauchte ganz sicher niemanden in meinem Leben, der nicht einmal bei etwas wie seinem richtigen Namen ehrlich sein konnte.

Er wird vermutlich nicht einmal antworten, sinnierte ich. Und lachte über mich, weil ich mich so sehr damit beschäftigte. Ich musste mich auf mein

Marketing konzentrieren. Wenn ich nicht ein paar neue Kunden fand und das schnell, würde ich mich bald in die Schlange der Arbeitslosen einreihen und dafür war ich nicht bereit.

Ich war beinahe fertig mit meinem Abschlussprojekt für meinen Master und der Kunde war äußerst glücklich – Gott sei Dank. Doch anders als bei meinen normalen Jobs würde am Ende dieses Projekts kein saftiger, fetter Check auf mich warten. Ich konnte nur meine Materialkosten verlangen, da das Projekt für meinen Universitätsabschluss war.

Und dennoch schrie mein Bankkonto verzweifelt nach Geld. Ich überprüfte meinen Kontostand rasch mit einer App und seufzte, als die vertraute Zahl auf dem Display erschien. Ich war runter bis auf meine letzten fünfzig Dollar. Glaubte ich wirklich, dass die Zahl auf magische Weise anwachsen würde, indem ich den Kontostand zum gefühlt tausendsten Mal an diesem Tag überprüfte? Bah. Ich musste mir schnell etwas überlegen, denn ich hatte keine Ahnung, ob ich es schaffen könnte, dieses Geld bis zum Ende des Monats zu strecken, falls es mir nicht gelang, einen neuen Job an Land zu ziehen, wenn mein aktueller fertig war.

Ich hatte das Gefühl, als hätte ich alles versucht. Ich hatte mehr Flyer in den ganzen reichen Wohnvierteln verteilt, als meine Füße vertragen konnten – meine Fersen waren mit Blasen übersät gewesen, als ich es endlich nach Hause geschafft hatte. Ich hatte auch E-Mails und Briefe verschickt, sogar versucht, jedes Geschäft im Umkreis von fünfzig Meilen anzurufen und dennoch schien niemand, jemanden einzustellen.

Wo war mein Ritter in der glänzenden Rüstung oder die gute Fee? Ich brauchte nur eine Person, die mir eine Pause verschaffen würde und vorzugsweise auch einige tolle Kontakte hatte. War das zu viel verlangt?

Wenn ich doch nur irgendwo

meinen Fuß in die Tür bekommen könnte. Ich hatte davon geträumt, die neue Tech-Firma im zentralen Gebäude des Finanzviertels in Angriff nehmen zu dürfen. Es war ein fantastischer alter, viktorianischer Block und sie hatten nichts daran verändert, seit sie eingezogen waren... ihn vernachlässigt, wenn man mich fragte. Ich war ein paar Mal daran vorbeigelaufen und das Gebäude hatte mich praktisch um etwas Liebe und Aufmerksamkeit angefleht. Ein Auftrag wie dieser könnte mich für Monate, wenn nicht sogar Jahre, mit Arbeit versorgen. Wenn ich doch nur wüsste, wie ich einen der Chefs erreichen könnte, doch sie schienen besser bewacht zu werden als der Präsident. Niemand gelangte in ihre Nähe oder durch die schwer bewachte Tür. Glaub mir, ich habe es versucht. Anscheinend waren sie Genies und nahmen es nicht gut auf, wenn unangekündigte Besucher versuchten, sich mit der Mittagsgruppe hineinzuschleichen. Ich würde einen anderen Weg finden müssen, dachte ich.

Die Eingangstür öffnete sich, Ali kam mit einem Windstoß hereingefegt und ließ ihre Sachen auf unseren kleinen Shabby-Chic-Tisch fallen. Sie warf einen Blick auf mich und seufzte. „Okay Brummbär, hol deine Jacke. Ich lade dich zum Essen ein. Ich brauche ein gutes großes Steak und ich will nicht allein essen."

Alis Stimme war ihre ‚keine Diskussion' Stimme. Tja, Pech gehabt, dachte ich, ich würde trotzdem diskutieren.

„Ich bin kein Wohltätigkeitsfall und ich kann es mir nicht einmal leisten zu Hause zu essen, geschweige den außer Haus. Also sorry, du bist auf dich gestellt, Schwester", sagte ich schnaubend, obgleich die Vorstellung eines großen Porterhouse-Steaks, aus dem das Blut tropfte, meine Geschmacksknospen zum Kribbeln brachte.

„Das ist keine Wohltätigkeit. Ich brauche deinen Rat. Ich brauche Eisen und deswegen brauche ich dich und ich brauche ein Steak. Schwing deinen Hintern von dem Schreibtisch weg und komm mit mir. Wenn nicht, werde ich es eben als Takeout bestellen und nach Hause bringen, damit der Geruch in jede Faser des Apartments dringt und du gezwungen sein wirst, dich mir anzuschließen."

Ich legte die Stirn finster in Falten, während ich darum kämpfte, mir das Lächeln zu verkneifen. Alison kannte mich viel zu gut. Ich kann um nichts in der Welt dem Geruch von Essen widerstehen. Sie hatte meinen Entschluss, ihre milden Gaben anzunehmen, bei zu vielen Gelegenheiten geschwächt, um nicht genau zu wissen, wie sie mich kriegen konnte.

„Du bist fies! Okay, okay. Hab ich noch genug Zeit für eine kurze Dusche und Haarewaschen? Ich denke, ich habe von der Arbeit noch immer überall Farbe an mir."

„Klar, ich liebe dich Luce, aber ich

würde es vorziehen, wenn du nicht nach Farbverdünner riechst. Das ruiniert irgendwie den Geschmack des Rindfleischs. Also klar, benutz mein Shampoo, wenn du willst."

Ich grinste sie leicht beschämt an. Man konnte nichts vor ihr verheimlichen; ihr entging keine einzige verdammte Sache. Mir waren vor ein paar Wochen die Hygieneartikel ausgegangen und mittlerweile hatte ich all die winzigen Pröbchen, die wir für Gäste herumliegen hatten, aufgebraucht und würde mich jetzt an den „mach alles nass und hoffe auf das Beste"-Ansatz halten.

Ungefähr dreißig Minuten später und mit eifrig knurrendem Magen liefen wir im Eilschritt zu Fleming's an der West Exchange Street. Wir konnten nicht schnell genug dorthin kommen.

Es war teuer, aber so gut. Ihr zweiunddreißig pfündiges Porterhouse-Steak zum Teilen, das mit ihrer speziellen Steinpilz Panade bedeckt war, war möglicherweise das annähernd Himmlischste, das ich in kulinarischer Hinsicht jemals erlebt hatte.

Wir hatten uns erst zweimal zuvor mit einem belohnt: an dem Tag, als ich vor zwei Jahren meinen Abschluss gemacht hatte; und als Alison vor acht Monaten ihren ersten Job in der Trinity Repertory Company ergattert hatte. Sie war eine tolle Schauspielerin und sie hatten sie so sehr geliebt, dass sie sie dauerhaft engagiert hatten. Sie hatte in dieser Zeit kaum eine Show verpasst und sie liebte die Bandbreite an Dingen, die sie auf der Bühne machen durfte. Es war selten, dass sie, wie heute, einen Abend vom Theater frei hatte. Ich war froh und dankbar, dass sie diesen mit mir verbringen wollte.

„Okay, ich brauche deinen Rat", begann sie, nachdem wir unsere Bestellung aufgegeben hatten und mit einer Flasche chilenischem Merlot versorgt worden waren. Ich nippte an meinem Glas und genoss die Empfindung des warmen fruchtigen Weins, der über meine Zunge und meine Kehle hinablief. „Mir wurde die Hauptrolle in unserer nächsten Produktion angeboten."

„Wow, das ist fantastisch, herzlichen Glückwunsch! Warum um Himmels willen brauchst du meinen Rat dazu?", fragte ich, glücklich für sie und mehr als ein bisschen verwirrt.

„Anthony wird die männliche Hauptrolle spielen", sagte sie mit einem tiefen Seufzer.

„Oh, Scheiße..."

„Ja, oder?", erwiderte sie.

Anthony hatte ihr das Herz gebrochen. Sie waren während der gesamten Collegezeit ein Paar gewesen, hatten eine ernsthafte Beziehung geführt. Sie hatte geglaubt, dass sie mindestens auf dem Weg zu einer Verlobung wären, als er verkündet hatte, dass ihm eine Rolle in einem off-Broadway Stück angeboten worden wäre und er beabsichtigte, allein zu gehen, damit er ‚alles, was er konnte' an der ganzen Erfahrung genießen konnte. Es war sonnenklar gewesen, was er mit *alles* gemeint hatte. Er hatte eine Affäre nach der anderen haben und seine Co-Stars vögeln wollen oder jede andere was das anging, sollte sich die Gelegenheit dazu ergeben.

„Nun, ich schätze, die Frage ist: liebst du ihn noch?"

Ich war schon immer der Überzeugung gewesen, dass es am besten war, direkt zum Kern der Probleme anderer Leute vorzudringen. Das ersparte einem das ganze Blabla und man kam so viel schneller zu einem Ergebnis. Ich wusste, ich sollte bei meinem eigenen Mist genauso vorgehen, aber irgendwie schien ich nichts anderes zu tun, als zu zaudern und alles unter den Teppich zu kehren. Vielleicht war es an der Zeit, damit aufzuhören, und vielleicht auf den Ratschlag zu hören, den ich gerne jedem, den ich liebte, geben würde.

Alison betrachtete mich einen Augenblick, dann huschten ihre Augen weg und ihr Mund machte winzig kleine Bewegungen, während sie über die Frage nachdachte. Ich wartete, während sie ihre Antwort überdachte, weil ich sie nicht drängen wollte.

„Ich denke nicht. Ich meine, ich weiß, dass er ein richtiger Scheißkerl ist und ich will *so* was von keinen weiteren Moment meines Lebens an ihn verschwenden, aber ich schätze, dass ich einfach davor Angst habe, dass ich es nicht weiß und nicht wissen werde, bis ich ihn wiedersehe."

Ich nickte zum Zeichen meines Verstehens. Wie würde ich mich fühlen, sollte ich Cole jemals wiedersehen? Cole war nicht annähernd so wie Alisons Ex, aber trotzdem, wie konnte ich mit Sicherheit tief in meinem Inneren wissen, ob das, wovon ich all diese Jahre besessen war, tatsächlich akkurat und wahr war?

Du weißt genau, was du empfindest, schrie eine kleine Stimme in mir.

„Hey Ali, glaub mir eines, wenn du in einen Kerl verliebt bist, wahrhaftig in ihn verliebt bist, wirst du selbst nach fünf Jahren Gänsehaut bekommen, wenn du nur an ihn denkst. Und die Vorstellung, irgendjemand anderen zu daten, wird dir wie ein Verrat an seiner Erinnerung vorkommen. Und wann immer du unachtsam bist und ihn in deinen Kopf lässt, wirst du tagelang damit zu kämpfen zu haben, ihn wieder in die Box mit der Aufschrift ‚Nicht Öffnen' zu verbannen. Ist irgendetwas davon der Fall bei dir?"

„Ich bin wirklich froh, das verneinen zu können. Nichts davon trifft bei mir in Bezug auf ihn zu Luce, aber es klingt, als wäre es bei dir mit Cole noch immer der Fall. Sorry, dass ich diese Büchse der Pandora für dich geöffnet habe, Süße."

Sie runzelte die Stirn und ich sah echte Sorge in ihren Augen. Ali war eine dieser Seltenheiten, eine schwarzhaarige keltische Schönheit, mit langen Wimpern, die beinahe schon leuchtend blaue Augen umrahmten. Sie war winzig und zierlich und würde die perfekte Elfe oder Fee abgeben, wenn sie spitze Ohren hätte.

„Nein, darüber reden wir jetzt nicht. Heute Abend geht es um dich und deinen Scheiß, nicht meinen!" Ich versuchte, scherzhaft zu klingen, aber allein die Erwähnung seines Namens hatte mich bereits abgelenkt. Yeah, ich wusste ganz genau, dass mir das Verschicken der E-Mail an Apollo das Gefühl gegeben hatte, die absolut schlimmste Person auf diesem Planeten zu sein. Wie konnte ich auch nur daran denken, Cole in meinem Herzen zu ersetzen?

Zum Glück kam das Steak gerade rechtzeitig, um die Spannung aufzulösen und wir langten herzhaft zu, da wir beide am Verhungern waren. Es war köstlich und mein Körper genoss die massive Ernährungszufuhr. Ich hatte wirklich zu kämpfen, meine Portion vollständig zu essen. Mein Magen war in den Monaten, in denen ich kaum genug gehabt hatte, um mich am Leben zu halten, geschrumpft. Aber ich war entschlossen, alles zu essen. Ich wusste, dass ich es brauchte, jeden Krümel. Als wir schließlich fertig waren und nur noch einige winzige Fetttropfen auf unseren Tellern zurückblieben, wir uns aufgebläht und unwohl fühlten, lehnten wir uns beide auf unseren Stühlen zurück und kicherten.

Wir kannten den schockierten Blick, den wir vom Kellner kassieren würden, wenn er zurückkam, um unsere leeren Teller abzuholen. Wir waren beide ziemlich klein und leicht gebaut und konnten dennoch unser Gewicht in allen möglichen Lebensmitteln essen und schienen nie ein Pfund zuzunehmen. Vor meinen Finanzsorgen war ich kurvig gewesen, aber jetzt war alles ziemlich kantig und knochig. Ali war immer noch recht feminin und sah mit ihren abgeschnittenen Haaren und nach oben gebogener Nase fast schon wie etwas Ätherisches und Substanzloses aus. Aber wir waren beide ziemlich aktiv wegen der Arbeit, die wir machten, und verbrannten sämtliche Kalorien super schnell.

„Also, wie läuft die Kundenjagd?", fragte mich Ali, während wir die Flasche Wein leerten.

„Nicht gut, aber ich bin mir sicher, ich werde etwas finden."

„Wirst du mir bitte wenigstens erlauben, dafür zu sorgen, dass Essen für dich im Kühlschrank ist Luce? Ich mache mir ehrlich Sorgen um dich. Mit der Hauptrolle werde ich mehr verdienen und ich kann es mir leisten, dir auszuhelfen. Es ist ja nicht so, als hättest du nicht das Gleiche für mich getan, als ich versucht habe, meine ersten Schauspielgigs zu bekommen. Bitte hör auf, so stolz zu sein?"

Mit einem vollen Bauch, zum ersten Mal seit Wochen, wäre es so leicht gewesen, so zu tun, als wäre alles in bester Ordnung, und zuzulassen, dass mir mein verdammter dämlicher Stolz in die Quere kam – aber ich wusste in meinem Herzen, dass sie recht hatte. Ich konnte nicht weiterhin ohne Essen so hart arbeiten. Ich nickte widerwillig.

„Sicher, danke Ali."

Mein Handy piepte. Ich war dankbar für die Ablenkung. Damit konnten wir hoffentlich das Thema wechseln. Der Bildschirm erwachte flackernd zum Leben und ich sah eine Nachricht von Apollo.

„Irgendetwas Interessantes?", wollte Ali neugierig wissen, während sie meinen skeptischen Gesichtsausdruck musterte.

„Tja, weißt du noch, dass du mich bei dieser Dating-Seite angemeldet hast und ich dir gesagt habe, dass das nicht infrage käme?"

Sie nickte mit einem sichtbaren Leuchten in den Augen, eindeutig begeistert, dass ich diesbezüglich etwas unternommen hatte.

„Und? Was hast du gemacht?", quietschte sie.

„Ich habe eine Nachricht an einen Typen geschickt."

Alis Gesicht verwandelte sich. Sie grinste wie eine Irre und klatschte ihre Hände unter viel Aufhebens zusammen. „Nun, erzähl mir mehr... erzähl mir alles!"

„Er nennt sich Apollo. Er wirkt okay. Wenigstens hat er geantwortet." Ich bemühte mich so angestrengt, lässig zu klingen, aber allein seinen Namen zu sehen, hatte Schauder durch meinen Körper gejagt und mir war plötzlich ein wenig klamm.

„Also wirst du die Nachricht öffnen und mir sagen, was er schreibt?"

„Ich bin mir nicht sicher, ob ich das kann", erwiderte ich, während ich beinahe mein Handy fallen ließ, weil meine Hände so stark zitterten. „Ich habe nicht damit gerechnet, dass er mir antworten würde. Ich weiß nicht, ob ich bereit dafür bin." Ich konnte jetzt spüren, dass mein Herz richtig schnell hämmerte und meine Atmung hatte sich beschleunigt und ich schnappte beinahe nach Luft.

„Willst du, dass ich mal nachschaue?

Denk dran, du musst nicht antworten, du musst die Nachricht nicht einmal öffnen, wenn du nicht willst, Luce. Aber ich denke, es könnte dir helfen, wenn du es tust. Du musst das ein für alle Mal für dich durcharbeiten." Sie nahm meine Hand und hielt sie fest. Sie war so lange Zeit meine einzige Familie gewesen und ich hatte solches Glück, dass sie meine Freundin war. Sie tolerierte mein chaotisches Verhalten und meine verkorksten Stimmungsschwankungen.

Und wenn man bedachte, wie mühelos wir einander hätten verpassen können. Sie war eine coole Schauspielstudentin und ich eine nervöse Freshman gewesen, aber die Design- und Schauspielstudenten hingen alle in den gleichen Kneipen ab, wenn auch an unterschiedlichen Enden oder sogar Stockwerken, wenn das möglich war. Wir hatten uns in einer besonders feucht fröhlichen Nacht im *The Avery* kennengelernt und hätten uns beinahe darüber die Köpfe eingeschlagen, wer die letzte freie Klokabine bekam. Alison hatte gewonnen, ihr Brechen hatte uns die Entscheidung aus den Händen genommen. Ich hatte ihr die Haare aus dem Gesicht gehalten und geduldig gewartet, während sie ihren Magen entleert hatte. Es war eines dieser Dinge, die einfach bedeuteten, dass man die Toiletten als beste Freundinnen verließ.

Jetzt jedoch nickte ich mit dem Kopf. Sie hatte recht. Das war etwas, das ich für mich tun musste.

„Okay, los geht's... lass uns hoffen, dass er kein Verrückter ist."

Ich klickte auf die Nachricht, um sie zu öffnen. Ich begann zu lesen und seine sanften Worte linderten schon bald meine Ängste. Er klang wirklich wie ein netter Kerl. Meine Atmung wurde allmählich wieder langsamer, während er von seiner Halbschwester erzählte und wie sehr er es genossen hatte, an jenem Tag mit ihr in den Zoo zu gehen. Ein Lächeln begann sich auf meinen angespannten Zügen auszubreiten.

„Er wirkt toll", sagte ich einfach nur.

Sie drückte meine Hand und goss das letzte bisschen Wein in unsere Gläser.

„Gut."

5

COLE

Ich war noch nie ein großer Fan vom Telefonieren und obwohl ich ziemlich selbstbewusst rüberkam, war ich eine recht schüchterne Person. Mir fiel es schwer, mich in der Gegenwart neuer Leute zu entspannen und in der von Frauen war es für gewöhnlich unmöglich für mich. Ich erlaubte anderen, dies der Tatsache zuzuschreiben, dass ich ein Nerd war. Ich kniete mich in mein Studium rein und liebte Star Trek und Star Wars, Comics und das ganze „Big Bang Theory" stereotypische Nerdzeug. Die einzigen Leute, die wussten, dass das nur ein Teil von dem ausmachte, wer ich war, waren Jake und Callie. Doch während die Tage vorbeizogen und ich online mehr und mehr mit Lucy plauderte, registrierte ich, dass das hauptsächlich so war, weil es ein großes Lucy-förmiges Loch in meinem Herzen gab, das ich nicht einfach mit irgendjemandem füllen wollte.

Ich fühlte mich schrecklich schuldig, dass sie nicht wusste, dass ich hinter den E-Mails steckte, aber ich hatte keinen blassen Schimmer, wie ich es ihr jetzt noch erzählen sollte. Ich hätte es gleich am Anfang tun sollen, doch da ich gedanklich bei dem Prozess gewesen war und sie nicht verjagen hatte wollen, hatte ich es einfach aufgeschoben und aufgeschoben und jetzt konnte ich den Gedanken nicht ertragen, dass sie abermals vor mir weglaufen würde. Es gefiel mir, dass sie wieder in meinem Leben war. Ihre skurrile Sichtweise auf die

Welt, ihre Sorgen und ihre Freuden ließen mich genauso fühlen, wie ich mich damals immer gefühlt hatte, als wir Teenager gewesen waren. Auf der Arbeit ging es verrückt zu, aber dorthin zu kommen und eine Nachricht von ihr vorzufinden, machte das alles wieder wett. Ich freute mich auf die Abende, wenn wir uns die ganze Nacht lang hin und her schrieben. Ich schnappte mir für gewöhnlich ein Bier und setzte mich mit meinem Handy hin und tat so, als wäre sie direkt bei mir im Zimmer.

Aber nicht heute Abend, dachte ich. Heute Abend hatten meine Freunde mit dem Fuß aufgestampft und verlangt, dass ich aufhörte, so ein Einsiedler zu sein und mit ihnen in die Stadt ging. Ich hörte unten die Hupe von Jakes klassischem Mustang und klickte auf Antworten bei meiner letzten Nachricht, die ich ihr an diesem Abend würde schicken können, ehe ich meine Jacke holte und die Treppe nach unten rannte.

Callie war es gelungen, uns Tickets für die Red Hot Chili Peppers zu besorgen. Ich liebte die Band seit Ewigkeiten und hatte früher Luce immer dazu gezwungen, zu jedem Album, das sie je rausgebracht hatten, mit mir abzurocken. Selbst jetzt waren sie noch immer eine der besten Bands, die es live zu sehen galt, und ich hatte mich so sehr auf den Gig gefreut. Dennoch hätte ich das Ganze jetzt am liebsten sausen gelassen und wäre einfach zu Hause geblieben und hätte mich weiter mit ihr unterhalten. *Sie geht heute Abend auch aus, also kann ich genauso gut gehen*, dachte ich. Ich wäre ein ziemlich jämmerlicher Trottel, würde ich einfach zu Hause bleiben und ihr stattdessen hinterher schmachten.

„Also, wie läuft die Jagd nach dem letzten Date?", erkundigte sich Callie mit einem Leuchten in den Augen, als ich auf die Rückbank rutschte.

„Wie es der Zufall so will, habe ich

morgen ein Date mit einem Personal Trainer namens Magda. Sie ist fast zwei Meter groß, eine wettkampfmäßige Bodybuilderin und ganz ehrlich, sie jagt mir eine Scheißangst ein. Ich werde versuchen, dafür zu sorgen, dass ich so unausstehlich bin, dass sie sich nie wieder mit mir treffen will!" Ich zwinkerte ihr zu.

„Wag es ja nicht, irgendeine von unseren Kundinnen zu verärgern, Kent. Gib ihr das Gefühl super besonders zu sein, selbst wenn du jede Minute hasst oder ich reiße dir den Kopf ab mein Freund." Ein fieser Ausdruck huschte über ihr liebreizendes Gesicht und ich lachte.

„Cole könnte zu niemandem gemein sein, nicht einmal wenn derjenige ihm eine Knarre an den Kopf hält. Er ist durch und durch ein Gentleman, das weißt du doch Callie. Jetzt lass ihn in Ruhe. Du hast drei Frauen, die uns schon spitzen Bewertungen hinterlassen und die App einer Menge ihrer Freundinnen empfohlen haben und alles nur wegen der Dates, auf die er sie ausgeführt hat. Er wird jetzt nicht plötzlich zum kompletten Arschloch mutieren, selbst wenn er eines sein wollte", sprach Jake zu ihrem schmollenden Gesicht.

„Vielleicht muss ich mir ein bisschen mehr von dieser ‚Behandle sie schlecht'-Sache aneignen. Ein so netter Typ zu sein, funktioniert eindeutig nicht bei mir!", scherzte ich und dank unserer Kommentare begann Callies Gesicht wieder zu seinem üblichen fröhlichen Lächeln zurückzukehren.

„Nein, das änderst du für niemanden Süßer. Du bist perfekt so wie du bist."

„Ahh, still Cal, wegen dir laufe ich ja noch rot an! Aber jetzt, was habt ihr zwei Verrückten diese Woche getrieben? Irgendwelcher versauter Klatsch für mich?"

„Abwechslung wäre eine feine Sache, Kumpel", schnaubte Jacke. „Wir arbeiten, wir essen – gelegentlich, wenn sie mir erlaubt, einen Moment für mich zu haben – und wir schlafen. Darüber hinaus gibt es nichts."

„*Tss, tss* und ihr zwei schimpft mit mir, weil ich zu hart arbeite! Ihr müsst ab und zu auch mal von euren Laptops aufschauen und gucken, was um euch herum passiert, und vor allem vor euren Nasen", sagte ich kryptisch.

Ich sah im Rückspiegel, wie sich Jakes Augenbrauen fragend hoben, und zwinkerte ihm zu. Seine buschigen Augenbrauen zogen sich warnend zusammen. Ich gluckste vor mich hin. Nein, ich würde sein Geheimnis nicht länger für mich behalten, vor allem nicht, da ich mir ziemlich sicher war, dass ich auch Callies herausgefunden hatte.

Das Konzert war laut und Jake hatte uns tolle Plätze besorgt, aber es war so voll und heiß in der Arena. Ich fühlte mich eingeklemmt und unwohl, nur weil ich dort war. Gott, ich wurde zu einem alten Mann, der ein bisschen Ruhe und Frieden wollte und sich verzweifelt danach sehnte, wieder von Lucy zu hören.

Ich lief raus zur Bar und ließ meine Freunde zurück, die wie wild zu den großartigen Songs auf und ab hüpften. Mit einem Plastikbecher voller Bier in der Hand lief ich zu einer relativ ruhigen Stelle an der großen Glaswand. Ich schaute über die Stadt und seufzte. Es war eine Qual, Lucy wieder in meinem Leben zu haben, beinahe in Reichweite und zur gleichen Zeit völlig unerreichbar.

Schuld schwappte über mich hinweg. Ich wusste, dass ich ihr irgendwann die Wahrheit erzählen musste, ihr sagen musste, wer ich wirklich war. Während ich meine Optionen abwog, trank ich einen Schluck von meinem Bier und drehte mich wieder zur Bar. Ein Kopf rotbrauner Locken zog meinen Blick auf sich. Ich hätte schwören können, dass es Lucy war, aber ich wusste, dass das nur Wunschdenken war. Ich beschwor nur ihr Bild herauf, weil sie vierundzwanzig Stunden, sieben Tage die Woche in meinem Kopf war.

Aber obwohl ich meine Zweifel hatte, musste ich einfach auf Nummer sicher gehen. Ich verfolgte den schlanken Rücken durch die Menge und verlor sie vorübergehend aus den Augen. Als ich mich beklommen umsah, entdeckte ich eine burschikose Gestalt, die zu den Arenatüren schlenderte, zwei Bierbecher in ihren Händen. Sie drehte sich kurz um, als hätte sie meine Augen im Rücken gespürt. Eine niedliche Studentin mit großen blauen Augen und einem verschmitzten Funkeln darin grinste mich an. Sie machte Anstalten, in meine Richtung zu laufen und mit mir zu reden. Ich seufzte und kehrte zu meiner ruhigen Stelle bei den Fenstern zurück.

Im Verlauf der Jahre hatte ich so viele Momente wie diesen erlebt und es war nie sie gewesen. Vielleicht sollte ich aufgeben und sie in Ruhe lassen. Einfach wieder aus ihrem Leben verschwinden; sie müsste niemals erfahren, wer ich war.

„Hey, bist du okay? Du hast so lange gebraucht, dass ich mir Sorgen gemacht habe", hörte ich Callies Stimme sanft hinter mir fragen. „Hast du wieder gedacht, du hättest sie gesehen?"

„Nur ein niedliches Mädel", gestand ich niedergeschlagen.

„Du wirst sie finden."

„Das habe ich schon."

„Warte. Was? Du hast sie gefunden? Wo? Wie? Warum hast du es uns nicht erzählt?"

Ich seufzte, unfähig, meine Gedanken in Worte zu fassen.

„Oh, es tut mir leid Süßer... ich hätte dich nicht so mit Fragen bombardieren sollen. Aber geht es ihr gut?"

„Yeah, ihr geht's gut. Großartig sogar. Sie ist bei ‚Wooed and Won' angemeldet – aber wie immer habe ich ein richtiges Schlamassel angerichtet und sie hat keine Ahnung, dass ich ich bin und wenn sie es rausfindet, wird sie mich wieder von neuem hassen."

Callie verzog das Gesicht. „Cole,

nach dem zu schließen, was du mir erzählt hast, denke ich nicht, dass sie dich jemals richtig gehasst hat. Ganz im Gegenteil und vielleicht vermisst sie dich und ihre Familie genauso sehr, wie ihr sie alle vermisst. Vielleicht wird sie am Anfang wütend sein, aber wenn sie dich auch nur ein winziges bisschen liebt, wird sie einen Weg finden, euch allen zu vergeben."

„Ich wünschte, ich könnte so optimistisch sein, Callie, aber sie war so wütend."

„Du musst es versuchen. Das Leben ist beschissen, wenn du keine Risiken eingehst mein Freund."

Ich hätte über die Ironie lachen können. Hier war eine Frau, die tagaus, tagein an der Seite des Mannes arbeitete, von dem ich mir sicher war, dass sie ihn genauso sehr vergötterte wie ich Luce, und dennoch hatte sie bisher nicht einmal einen halbherzigen Flirtversuch unternommen.

„Wirst du deinen eigenen Ratschlag

befolgen, Cal?", fragte ich sie und drehte den Spieß um. Ich wollte nicht mehr über meinen Mist reden. Sie sah verblüfft aus.

„W... w... was meinst du damit?", stotterte sie, obwohl sie sehr wohl wusste, worauf ich anspielte.

„Komm schon, dein Geheimnis ist raus. Es ist offensichtlich, dass du Jake liebst, und dass er dich liebt und dennoch tanzt ihr zwei umeinander, als wäre es nicht so." Callies Mund klappte auf. „Er wirft mir böse Blicke zu, wenn ich andeute, dass er dich mag. Du tust das Gleiche, wenn ich andeute, dass du ihn magst. Um Himmels willen, werdet ihr zwei es endlich einfach tun und diese lächerliche ‚werden sie oder werden sie nicht' Seifenoper, die unser Leben ist, aus der Welt schaffen?"

„Oh Gott, du wusstest es. Wie lange weißt du es schon?", keuchte sie.

„Oh von dir erst seit kurzem, aber von Jake weiß ich es seit dem allerersten Tag. Er hat sich rettungslos in dich verliebt, aber dachte, dass ein ‚fetter Loser wie er niemals eine Chance bei einem Babe wie dir' hätte – seine Worte!"

„Er liebt mich wirklich?" Ihr Gesicht sah so hoffnungsvoll aus, dass ich nicht anders konnte, als sie fest zu umarmen.

„Callie, er vergöttert dich. Jetzt geh da rein und schling deine übertrieben lange Gliedmaße um seine Kugel, küss ihn um den Verstand und sag es ihm auch. Ihr habt zehn Minuten, um alles loszuwerden. Dann komme ich wieder rein. Bis dahin seid ihr besser zusammen, aber fallt nicht mehr übereinander her. Ich will den Rest der Show genießen!"

Callie küsste mich und hüpfte wie ein Hase durch die Menge.

Ich lehnte mich an das Glas, meine gute Tat für den Tag war vollbracht. Wenigstens würden zwei Leute, die ich liebte, diesen Tag glücklich beenden, selbst wenn ich noch immer von Schuldgefühlen geplagt wurde und keine Möglichkeit hatte, sie zu lindern. Ich trank mein Bier leer und da ich ihnen eine ganze halbe Stunde gegeben hatte, nahm ich an, dass es jetzt wieder sicher wäre, zurückzugehen. Ich konnte das Intro zu „Under the Bridge" hören und das würde ich mir nicht entgehen lassen. Luce hatte das geliebt, hatte es immer wieder abgespielt, sodass ich es beinahe hassen gelernt hatte – doch jetzt sorgte es irgendwie immer dafür, dass ich mich ihr näher fühlte.

Meine Freunde standen so nah beieinander, dass nicht einmal ein Blatt Papier zwischen sie gepasst hätte, und hielten Händchen. Aber sie wiegten sich nur im Takt zur Musik. Callie hatte sich meine Warnung eindeutig zu Herzen genommen. Jake stupste mich an, als ich zu meinem Platz zurückkehrte, einen Ausdruck reiner Freude auf seinem rundlichen Gesicht. Ich wusste, dass es eine Weile dauern würde, bis sich alles gesetzt hatte und ihm wirklich klar war, dass alles real war, aber es hätte keinem netteren Kerl passieren können. Sie mochten zwar aussehen, als würden sie nicht zueinander passen, aber sie waren so perfekt füreinander. Ich hoffte nur, dass mein eigenes Happy End auch so mühelos zustande kommen würde.

6
LUCY

Ich weinte, als ich im Bühnengraben stand und mich zu „Under the Bridge" hin und her wiegte. Schweiß und Tränen vermischten sich auf meinem Gesicht und ich hoffte, mein wasserfestes Mascara war der Herausforderung gewachsen.

Es war der erste Song, den mir Cole jemals von den Chili Peppers vorgespielt hatte, und ich hatte mich sofort darin verliebt. Ich erinnere mich noch gut daran, wie ich ihn in jenem Sommer in den Wahnsinn getrieben hatte, weil ich den Song hoch und runter hatte laufen lassen. Ich hatte sogar eine Kassette erstellt, auf der er in Dauerschleife lief.

Als Alison erzählt hatte, dass sie in der Arena spielen würden, hatte ich Tickets für uns beide gekauft, indem ich jeden einzelnen Cent, den ich besaß, zusammengekratzt hatte. Es war nur einer der Gründe, warum ich pleite war, aber ich hatte dort sein wollen. Das würde ich mir auf keinen Fall entgehen lassen. Sie war nicht so begeistert, hinzugehen, aber hatte mich trotzdem begleitet. Jetzt schien sie allerdings Spaß zu haben und plauderte fröhlich mit einem Kerl, der ausversehen im Gedränge sein Bier auf ihr verschüttet hatte. Er war irgendwie niedlich und gekleidet in ausgebeulten Skater-Hosen sah er perfekt für Ali aus. Ich sah zu, wie sie selbstbewusst seine Nummer annahm und ihn auf die Wange küsste, dann zurück zu mir schlenderte.

„Gott, der arme Kerl. Du hättest nicht so dick mit dem Hüftschwung auftragen müssen, Ali. Seine Zunge wird sich vielleicht nie wieder vom Boden lösen!"

„Dann hat er ihm also gefallen?", erkundigte sie sich unbeeindruckt.

„Oh ja! Es hat ihm definitiv gefallen. Wirst du ihn anrufen?"

„Vielleicht, ich werde ihn aber erst ein paar Tage schmoren lassen. Damit er interessiert bleibt. Er ist allerdings ziemlich heiß, findest du nicht auch?"

„Wenn man sie jung und dumm mag, dann definitiv!", stichelte ich.

Wir lachten beide und als die Lautstärke und Tempo für „Californication" wieder an Fahrt aufnahmen, verstummten wir und tanzten einfach. Mit Ali auszugehen war super, sie verstand, dass es bei Musik darum ging, sie zu fühlen und zu tanzen. Sie war zufrieden damit, mir zu erlauben, mich einfach darin zu verlieren. Es war das einzige Mal in meinem Leben, dass ich nicht befangen war und sie schloss sich mir in dem wilden Vergnügen an, ob ihr das Lied nun gefiel oder nicht. Sie machte einfach mit und lebte. Sie war gut für mich in dieser Hinsicht.

Wir taumelten die Stufen zu unserem Apartment hoch, während unsere Ohren noch immer von der scharfen Bassline des Bandmitgliedes Flea und des eindringlichen Gitarrenspiels klingelten. Anschließend brachen wir erschöpft auf dem Sofa zusammen.

„Ich brauche Wasser!", verkündete Ali irgendwann. „Willst du welches?"

Ich nickte eifrig, als sie versuchte, sich von ihrer bequemen Position nach oben zu stemmen und zur Küche zu gehen. Ich zog mein Handy aus meiner Tasche und erkannte, dass ich in dem ganzen Lärm eine Nachricht verpasst hatte.

Hey Lucy. Hoffe, du hattest einen schönen Abend. Wollte nur nachfragen, ob du gut nach Hause gekommen bist. Apollo x

Ich grinste und antwortete.

Fantastischer Abend. Der beste seit Jahren. Hab mir die Chilies angeschaut. Genial! Wie war deiner?

Ich hatte das Handy kaum auf die Sofalehne gelegt, als es wieder piepte. Er war online.

Ich war auch bei den Chilies! Wow, was für ein Zufall. Verdammt genial, oder? Meine zwei besten Freunde sind zusammengekommen, endlich! Freue mich so sehr für sie, wünschte nur, sie hätten das schon früher hingekriegt.

Das ist so süß! Meine Freundin hat auch jemanden aufgegabelt. Sie hat einen süßen Skatertypen kennengelernt, aber ich wollte nur tanzen. Es hilft mir, all meine Probleme zu vergessen und einfach ich zu sein.

Klingt wie eine gute Sache. Hoffe, du hast nicht zu viele Probleme, Lucy.

Zu wenig Kunden, nicht genug Geld, das Übliche!

Möchtest du, dass ich mich umhöre, ob jemand, den ich kenne, irgendetwas gemacht haben möchte?

Ne, aber danke für das Angebot. Ich werde mir irgendetwas überlegen. Muss es selbst tun, weißt du? Ich bin kaputt, denke, ich gehe jetzt besser schlafen. Letzter Tag an *meinem Abschlussprojekt fürs College. Muss meinen kritischen Blick bereit haben! Gute Nacht Apollo x*

Gute Nacht Lucy, bin froh, dass du einen schönen Abend hattest, und viel Glück morgen. Sag mir Bescheid, wie es läuft x

Ich lag noch immer da und presste das Handy an meine Brust, als Ali mit zwei Gläsern voller eiskaltem Wasser kam. Ich griff danach wie ein Mann, der tagelang in der Wüste festsaß. Ich trank es gierig, dann sank ich zurück auf meinen bequemen Platz.

„Du hast den merkwürdigsten Gesichtsausdruck aufgesetzt, Luce", stellte Ali aufmerksam fest. „Du hast wieder von dem mysteriösen Apollo gehört, oder?"

„Er hat mir gerade geschrieben, um sich zu vergewissern, dass ich einen schönen Abend hatte. Er war auch auf dem Konzert, kannst du das fassen? Eine Schande, dass ich ihn verpasst habe, aber schön zu wissen, dass ich ihm so wichtig bin, dass er nachfragt, ob ich gut nach Hause gekommen bin."

„Wenn ich dich nicht besser kennen würde Lucy Rivers, würde ich sagen, dass du anfängst, dich in diesen Kerl zu verlieben."

„Er wirkt sehr nett, aber ich habe zu große Angst, mich mit ihm zu treffen. Was, wenn er nicht so ist wie in seinen Nachrichten? Der Mann ist süß und liebevoll, will alles über mich wissen, lässt sich von den Sachen, die in meinem Leben nicht so toll laufen, nicht abschrecken, und scheint mir wirklich helfen zu wollen, wenn er kann. Was, wenn er sich als pathologischer Lügner, Soziopath oder sogar noch schlimmer *verheiratet* herausstellt?"

Ali schnaubte, dann riss sie sich zusammen. „Tja Luce, du wirst das nur herausfinden, wenn du dich wirklich mit ihm triffst. Wäre es nicht besser, das früher als später zu tun, damit du dich nicht Hals über Kopf in seine Online-Persona verliebst?"

„Weise wie immer meine Freundin. Aber ich bin zu müde, um jetzt eine Entscheidung zu fällen. Ich werde ins Bett gehen und mir eine Mütze voll Schlaf holen, damit ich morgen eine gute Punktzahl abstaube."

„Ich werde auch Pennen gehen. Nacht, Luce."

Der nächste Morgen dämmerte früher als ich es wollte und ich schleifte meinen Hintern widerwillig aus dem Bett. Alison hatte dafür gesorgt, das genügend Müsli vorhanden war und ich verschlang eine Schüssel Müsli, während ich mir ein Sandwich machte, welches ich mit zur Arbeit nehmen wollte. Ich würde einen Weg finden, mich bei ihr dafür zu revanchieren, dass sie ihr Wort hielt und sicherstellte, dass der Kühlschrank gut gefüllt war. Ich fühlte mich deswegen bereits viel besser und konnte sehen, dass meine Haut mit jedem Tag etwas rosaner und praller wurde. Ich schnappte mir mein Mittagessen und rannte die Treppe nach unten. Ich verpasste fast meinen Bus, aber der Fahrer grinste mir zu und fuhr zurück, sodass ich noch schnell einsteigen konnte.

„Danke Eddie, Mann bin ich froh, dass du heute Morgen fährst und nicht Sergei. Er wäre weggefahren, nur um mich zu ärgern!" Eddie lachte, während er mein Fahrgeld entgegennahm und dann wartete, bis ich sicher saß, ehe er in den dichten Rush-Hour-Verkehr einfädelte.

Die Fahrt durch die Stadt dauerte dreißig Minuten und ich ging meine Moodboards durch, um meine Erinnerungen bezüglich der abschließenden Arbeiten aufzufrischen, die ich heute noch erledigen musste, bevor mein Kunde aus seinem Urlaub nach Hause und mein Tutor um fünf Uhr kommen würde, um meine Arbeit in Augenschein zu nehmen. Ich war nervös und erwischte mich ein paar Mal dabei, wie ich auf meine Lippe biss. Doch etwas Praktisches zu haben, das meine Gedanken und Hände beschäftigte, half.

Mein Handy vibrierte in meiner Tasche und ich zog es heraus in der Erwartung, dass es Alison wäre, die mir Glück wünschte. Allerdings fiel mir da ein, dass sie um diese Uhrzeit auf keinen Fall schon aus dem Bett wäre. Es war Apollo.

Zeig's ihnen, Tiger! X

Ich grinste und steckte das Handy wieder in meine Tasche. Es war schön, wieder jemanden in meinem Leben zu haben, jemand anderen als Ali, der sich aufrichtig für mich interessierte. Es war eigenartig, aber mir war nicht bewusst gewesen, wie sehr ich das gebraucht und mich danach gesehnt hatte, bis er aufgetaucht war. Es war fast so, als hätte ich Cole wieder in meinem Leben – jemanden, der einfach zuhörte, nicht urteilte und immer auf meiner Seite war.

Ich vermisste ihn und ich wusste, dass ich vermutlich zu streng mit ihm ins Gericht gegangen war. Wie in aller

Welt hatte ich von ihm erwarten können, dass er seiner Mom den Rücken zukehrte nach allem, was sie durchgemacht hatten, als sein Dad sie verlassen hatte? Er war sich so sicher gewesen, dass alles seine Schuld gewesen war. Steph und ich hatten Monate gebraucht, um ihm klarzumachen, dass sein Dad derjenige war, der ein Problem hatte, und keiner von ihnen.

Dennoch wusste ich, dass ich nicht zurückgehen konnte. Ich war noch nicht bereit, mich mit alldem zu befassen. Es war immer noch so roh. Nicht nur die Sache mit unseren Eltern, sondern die Scham, dass ein Kerl, den ich mir so sehr als festen Freund gewünscht hatte, mich in jenem letzten Jahr tagaus, tagein gesehen hatte, wie ich ins Bad rein und raus gegangen war, bevor ich meine Haare gekämmt oder mein Gesicht geschminkt hatte; in meinen Pyjamas und während der höchstpeinlichen Momente, als wir beide den jeweils anderen beim Duschen gestört hatten.

Aber Apollo verlieh mir das gleiche Gefühl, wie er es getan hatte, sicher und umsorgt zu sein, ohne das eklige, peinliche Zeug. Es war nett und ich wusste, ich sollte seinen Nachfragen bezüglich eines Treffens nachgeben, aber ich hatte einfach zu viel Angst. Ich wusste immerhin nicht einmal, wie er aussah. Plötzlich kam mir ein Gedanke. Es könnte eine Möglichkeit geben, das alles zu umgehen, eine Möglichkeit, das Eis zu brechen und etwas Spaß zu haben, wenn er es gut auffasste. Ich schnappte mir mein Handy und tippte schnell die Nachricht, ehe ich den Mut verlor.

Danke, ich hoffe, dass ich heute in Feierlaune bin, wenn alles erledigt ist. Falls du dich noch immer mit mir treffen möchtest, denke ich, könnte das Spaß machen, aber ich habe eine Bedingung...

Wie lautet das eine Gebot meine Dame? Ihr Wunsch ist mir Befehl!

Ich möchte ein Foto von dir sehen. Ich weiß, du bist ein bisschen schüchtern. Also versuch erst gar nicht, mir ein Stockfoto aus dem Netz zu schicken. Ich will ein Foto, auf dem du entweder neben dem Elk Monument oder der Roger Williams Statue stehst. UND ich will, dass du eine einzelne rote Dahlie in der Hand hältst.

Seltsame Bitte, aber betrachte sie als erledigt! Ich werde es dir bis zum Ende des Tages schicken. Dann können wir uns vielleicht endlich auf eine Uhrzeit und Ort einigen? :)

Wir werden sehen, Mister Apollo, wir werden sehen, dachte ich, während ich mein Handy wieder in meine Jeanstasche steckte. Ein neuer Anfang, ein neuer Kerl... ein Neubeginn. Ali hatte recht gehabt. Allein die Vorstellung eines Dates mit einem Kerl, den ich wirklich mochte, verbesserte meine Laune um einiges. Ich war nervös, klar, aber ich konnte es nicht erwarten, ihn endlich persönlich kennenzulernen. Ich betete nur, dass mir gefallen würde, was ich auf seinem Bild sehen würde...

7

COLE

„Fuck! Was zur Hölle soll ich nur tun, Callie? Sie will ein Foto von mir. Wenn sie ein Foto von mir sieht, dann war es das. Wenn ich sie wenigstens dazu bringen könnte, sich mit mir zu treffen, habe ich Hoffnung, dass ich sie davon überzeugen kann, mir eine Chance zu geben, aber wenn ich gar nicht erst so weit komme, ist die ganze Sache im Eimer!"

Ich war in der Mittagspause des Gerichtes zum Büro von Glitch gegangen. Ich brauchte Hilfe und Callie war die einzige Person, die mir einfiel, die vielleicht eine Lösung parat haben könnte.

„Hol mal Luft. Sie ist ein helles Köpfchen deine Lucy, nicht wahr? Ich liebe die Forderungen, was mit auf dem Foto sein muss!"

Ich starrte sie finster an. Jetzt war nicht der Zeitpunkt, sich über meine missliche Lage lustig zu machen, oder zu bewundern, wie clever Lucy sein konnte.

„Muss ich dich daran erinnern, dass du mit deinem eigenen Liebesleben auch nicht so gut zurechtkamst, bevor ich dir einen Schubs gab? Du schuldest mir etwas, MacAllister!" Sie versuchte, ihr Gesicht zu einer ernsten Miene zu verziehen, aber sie konnte das Lächeln nicht aus ihren Augen vertreiben.

„Beruhig dich mal und veranstalte nicht so ein Gedöns!"

„Wo kommt der Spruch her?" Callie hatte eine ganze Menge seltsamer Ausdrücke auf Lager.

„Oh, eine britische Tante. Aber das ist jetzt nicht der Punkt. Das Elk Monument liegt hier gleich um die Ecke. Es ist normalerweise ein ziemlich ruhiger Ort. Hast du irgendwelche Probleme damit, dein Hemd in der Öffentlichkeit auszuziehen Kent?" Ich konnte sehen, worauf sie hinauswollte, und ich musste zugeben, dass es genial war.

„Nein, ich denke nicht...", sagte ich vorsichtig. Aber wenn mir das aus dieser misslichen Lage helfen würde, dachte ich, würde ich vermutlich alles tun. "Ich denke, mein Körper hält einer fotografischen Überprüfung noch stand. Aber was ist mit der Dahlie? Was zur Hölle ist überhaupt eine Dahlie?"

„Das ist eine Blumensorte du Ignorant. Das Gute ist, dass es so viele verschiedene Arten gibt, dass wir irgendwo in der Stadt eine finden werden. Ich schreibe jetzt gleich unserem Floristen." Ihre Finger flogen über ihr Handydisplay.

„Fuck, ihr habt einen Floristen? Für ein Büro, dessen Wände ihr noch nicht mal gestrichen habt?"

„Ich weiß, die Ironie. Aber wir waren einfach zu beschäftigt, um auch nur an die Deko zu denken, aber ich muss meine Blumen haben."

„Hey, du bist ein Genie wie immer. Ich denke, ich kann euch da aushelfen. Lucy ist Innenarchitektin. Sie macht gerade ihren Master an der School of Design und wird ihn sogar heute beenden. Sie braucht Kunden. Sie ist fantastisch – nun, sie war es jedenfalls, als wir noch Kinder waren. Ich kann mir nur ausmalen, wie viel besser sie jetzt ist, da sie fünf Jahre formeller Ausbildung hinter sich hat. Könntest du ihr vielleicht ein oder zwei Räume hier geben, an denen sie arbeiten kann? Sie spielt es runter, aber ich glaube, sie hat wirklich Probleme, Kunden zu finden."

„Zum Teufel, sie kann das ganze Gebäude machen, wenn sie gut ist. Das sollte sie mindesten ein oder zwei Jahre mit Arbeit versorgen! Machst du dir keine Sorgen, dass sie herausfinden wird, dass du die Strippen gezogen hast?"

„Es gibt so viele Dinge, vor denen ich in Bezug auf Lucy eine Heidenangst habe. Aber ich kann den Gedanken nicht ertragen, dass sie knapp bei Kasse ist, wenn es etwas gibt, das ich tun kann, um ihr auszuhelfen. Jedenfalls werde ich dich nicht bitten, ihr den Job auf jeden Fall zu geben. Lade sie einfach ein, damit sie dir ein Angebot macht oder so etwas. Wenn du ihre Ideen nicht magst, heuer sie nicht an, aber ich kann ihr wenigstens eine Chance verschaffen."

„Erledigt Kent. Ich werde subtil vorgehen."

Ihr Handy klingelte und spielte die Töne von Eminems und Didos „Stan".

„Wir haben Glück. Gabby hat heute tatsächlich rote Pompon-Dahlien in das Display im Foyer getan. Zeigt, was ich merke, wenn ich zur Arbeit komme! Lass uns von hier verschwinden und dieses Foto machen, bevor du noch vom

Richter zur Schnecke gemacht wirst, weil du zu spät zurückkommst."

Während wir durch den Gang fegten, schnappte sich Callie die rote Dahlie, wobei sie mich an der Hand hinterher zog. Dabei rannten wir fast Jake über den Haufen, der gerade von einem Ausflug zur Bäckerei am Ende des Blocks zurückkehrte.

„Hey, passt auf die Backwaren auf!", beschwerte er sich. Ein kurzer Ausdruck der Sorge huschte über sein Gesicht, als er unsere Hände sah. „Wehe du stiehlst dir mein Mädchen, Cole", sagte er nur halb im Scherz.

„Keine Sorge, Kumpel, sie ist viel zu herrisch für mich! Ich gebe sie dir in zehn Minuten zurück, dann erzählt sie dir alles!" Callie küsste ihn rasch und dann zerrte sie mich weiter durch die Tür und die Straße runter.

Das Elk Monument ist genau das, wonach es klingt: ein gigantischer Elch auf einem Sockel.

„Okay Kent, Hemd runter und drapier dich auf dem Teil", ordnete Callie mit einem Zwinkern an.

Ich schaute sie an und fragte mich, ob sie allmählich durchdrehte. Hier war ich, ein Jahr davon entfernt, mein Jurastudium abzuschließen, arbeitete im Büro der Staatsanwaltschaft und war kurz davor, halbnackt mit einem Elch zu posieren. Wenn es für jemand anderen als Lucy gewesen wäre, hätte ich gesagt, vergiss es, das ist es nicht wert. Aber ich wusste, dass es das wert war.

Ich zog meine Krawatte aus, schlüpfte aus meinem Hemd und kletterte hoch, um mich gegen das riesige Biest zu lehnen.

„Tja, die hast du all die Jahre gut versteckt!", stellte Callie fest, die meine Waschbrett-Abs beäugte. „Wenn ich das gewusst hätte, hätte Jake keine Chance gehabt."

Sie zwinkerte. Ich wusste, dass sie kein Wort davon ernst meinte. Jake hatte ihr Herz gewonnen, weil er so war, wie er war, nicht weil er einen heißen Körper hatte, so viel war sicher.

„Ne, mit der zehn Donut am Tag Angewohnheit, die Jakes Gestalt geformt hat, kann ich nicht mithalten. Ich weiß, ich werde immer nur Zweiter sein", stichelte ich. „So und wie willst du mich jetzt?" Sie warf mir die Dahlie zu.

„Mit einem Körper wie diesem Kent spielt es eigentlich keine Rolle, was du damit machst, aber öffne den Knopf deiner Hose, steck eine Hand nur ein bisschen rein und halt die Blume zwischen deine Nippel. Perfekt", rief sie, während ich genau tat, worum sie bat. Sie schoss schnell einige Bilder mit meinem Handy und ließ mich dann wieder runterkommen und mich anziehen.

Sie rief die Fotos auf und ich musste zugeben, sie hatte einen meisterhaften Job gemacht. Der Elch war da, die Dahlie war klar erkennbar, meine Abs – selbst mit meinem stetig anwachsenden Hüftgold – sahen fantastisch aus. Zudem bestand keine Möglichkeit, dass Lucy wissen würde, dass ich es war, denn nicht einmal meine Kehle war zu sehen. Ich drückte einen Kuss auf Callies Stirn.

„Du bist ein absoluter Star MacAllister."

„Lass uns einfach sagen, dass wir quitt sind, okay? Jetzt mach dich wieder an die Arbeit, bevor du deinen Job verlierst und gib mir Bescheid, wie es läuft!"

Ich rannte zurück zur Arbeit, die ich gerade noch rechtzeitig erreichte, um schnell ein Sandwich zu verschlingen und Lucy das Bild zu schicken. Ich hoffte nur, dass noch genug von ihrem fantastischen Sinn für Humor übrig war, um es gut aufzunehmen, und dass dieser nicht ihren Problemen zum Opfer gefallen war. Sie war immer einer dieser Menschen gewesen, die das beste in jeder Situation finden konnten, bis ihre Mom gestorben war. Ich hoffte um ihretwillen, dass diese Veränderung nur temporär war.

Ich kämpfte mich durch den Rest des

Tages, besorgt, wie ihre Reaktion ausfallen würde, weshalb ich alle möglichen Fehler beging. Ich reichte in entscheidenden Momenten die falschen Dokumente weiter und musste mich durch die Stapel wühlen, um die richtigen zu finden und eine beschämte Röte schien während der gesamten Nachmittagssitzung auf meinen Wangen zu liegen. Ich atmete erleichtert auf, als der Richter das Gericht für den Tag beendet erklärte. Ich konnte es nicht erwarten, nach Hause zu kommen und zu hören, wie es Lucy mit ihrer Prüfung ergangen war.

„Cole, alles okay?", fragte mich Henry Cable der Assistent des Staatsanwalts freundlich, als ich gerade aus dem Gerichtssaal laufen wollte. „Sie scheinen heute ein wenig unter Strom zu stehen. Das sieht Ihnen gar nicht ähnlich, normalerweise sind Sie so organisiert und fokussiert. Gibt es irgendetwas, womit ich Ihnen helfen kann?"

Mein Boss war ein guter Mann, was

ungewöhnlich für einen gewählten Offiziellen war, aber das war nichts, das ich ihm anvertrauen wollte: dass ich wegen einem Mädchen völlig von der Rolle war.

„Mir geht's gut Sir, ist nur einer dieser Tage. Ich bin ein bisschen müde. Das war ein langer Prozess." Es war keine richtige Lüge, ich war müde und der Fall war taff.

„Ich vergesse ständig, dass Sie nur ein Praktikant sind Cole. Sie machen Ihren Job besser als viele erfahrene und komplett qualifizierte Anwälte. Wenn Sie nächstes Jahr Ihren Abschluss gemacht haben, zögern Sie nicht, mich anzurufen. Wenn Sie hier einen Job möchten, haben Sie einen. Wenn Sie Hilfe möchten, andernorts einen zu bekommen, dann werde ich, wenn ich kann, die Strippen für Sie ziehen. Sie verdienen es, weit zu kommen. Jedenfalls ruhen Sie sich gut aus, ich brauche Sie morgen in Topform. Der letzte Tag kann immer anstrengend sein. Aber wenigstens ist diese Sache jetzt beinahe vorbei."

„Glauben Sie, dass wir genug getan haben, Sir?"

„Wir können es nur hoffen. Die Juryexperten versichern mir immer wieder, dass wir den Großteil auf unserer Seite haben, aber die Leute stellen manchmal die seltsamsten Dinge an, wenn sie erst einmal zum Wählen geholt werden. Es ist nie vorbei, bis der Urteilsspruch verkündet wurde. Aber unter uns gesagt, ich bin recht zuversichtlich. Ihre Arbeit hat einen wichtigen Teil dazu beigetragen. Ich habe noch keinen gekannt, der eine Kurzdarstellung so gut geschrieben hat wie Sie."

„Vielen Dank, ich wollte schon immer Pflichtverteidiger werden. Ich weiß, in diesem Beruf erwartet einen kein Rum, Sir, und ganz gewiss nur wenig Geld, aber ich war schon immer der Meinung, dass jeder eine faire Chance verdient. Zu viele gehen wegen einer schlechten Verteidigung unter, auch wenn sie nicht schuldig sind. Ich würde gerne versuchen, ihnen eine gute zu bieten, wo ich kann, selbst den Bösen."

„Ich hoffe Ihre Prinzipien überdauern. Sie sind ein ziemlich anständiger Kerl, also werden sie das vermutlich. Leider liegen Sie auch nur allzu richtig damit, dass dieser Teil des Rechts nicht gerade die Hellsten und Besten anlockt. Tja, ich kann Ihnen diesbezüglich auf jeden Fall weiterhelfen, wenn Sie das Examen bestehen und sich nach wie vor sicher sind, dass es das ist, was Sie tun wollen."

„Vielen Dank, Sir, das bedeutet mir viel."

Ich lief mit dem Gefühl, dass der Tag nicht surrealer werden konnte, davon. Der Assistent des Staatsanwalts hatte mich persönlich beiseite genommen, um mir mitzuteilen, dass er alles in seiner Macht Stehende tun würde, um meiner Karriere den Weg zu ebnen – nach meinem bisher schlimmsten Tag in diesem Job! Ich hätte nicht gedacht, dass er überhaupt meinen Namen kannte, geschweige denn der Arbeit, die ich während der letzten beiden Sommer geleistet hatte, irgendeine Aufmerksamkeit geschenkt hatte. Mit federnden Schritten rannte ich nach Hause, erpicht darauf, von Lucy zu hören und ihr meine aufregenden Neuigkeiten zu erzählen.

8
LUCY

Ich führte meine Tutorin Mrs. Braithwaite gerade herum, als die Trents aus ihrem Urlaub zurückkehrten. Ich konnte spüren, wie sich Nervosität in meinem Magen ballte und herumwirbelte, als hätte ich eine Waschmaschine voller Klamotten an Stelle eines Magens.

Ich wusste, dass ich meine bisher beste Arbeit abgeliefert hatte, aber man konnte sich nie sicher sein, ob es den Leuten auch gefiel. Ich hatte so hart geschuftet, damit es genau dem entsprach, was die Kunden von mir verlangt hatten. Daher konnte ich jetzt auch ehrlich sagen, dass es nichts gab, das ich noch hätte tun können, damit dieses elegante Haus im Kolonialstil noch hübscher aussah.

Da sie jedoch die zwei Wochen, während derer ich an dem Haus gearbeitet hatte, weggewesen waren, hatte ich keinerlei Rückmeldung von irgendjemandem erhalten, ob ich wirklich auf der richtigen Spur war. Ich machte nervös eine Führung mit allen dreien und wurde anschließend nach draußen in den Garten geschickt, um auf das Urteil zu warten. Mrs. Braithwaite hatte die Kunden streng gewarnt, sich nichts anmerken zu lassen, während sie durch das Haus liefen. Sie sollten ihre Bemerkungen auf den Formularen, die sie ihnen gegeben hatte, notieren, und dann würden die drei am Ende ihre Kommentare durchsprechen. Es war fürchterlich gewesen, ihre Reaktionen nicht einschätzen zu können, da sie alle während der gesamten Führung perfekte Pokergesichter aufgesetzt hatten.

„Lucy, herzlichen Glückwunsch, es sollte keine Überraschung für Sie sein, dass Sie sich einen weiteren Abschluss mit der höchsten Auszeichnung verdient haben. Sie werden eine wundervolle Karriere haben, meine Liebe. Ihre Kunden haben Sie in meinem Interview über den grünen Klee gelobt. Sie waren nicht nur von der Qualität Ihrer Arbeit überrascht, sondern auch, dass Sie sich an die Deadline, das Budget und an den Vorschlag, den sie miteinander ausgearbeitet hatten, gehalten haben", sagte Mrs. Braithwaite atemlos, während sie den perfekt gemähten Rasen überquerte, um zu der Stelle zu gelangen, wo ich in dem Weidenkorbsessel kauerte.

Die gefürchtete Mrs. B hätte eigentlich schon vor Jahren in Rente gehen sollen. Ihre perfekt frisierten weißen Locken und ihre adretten floralen Anzüge waren für diejenigen, die sie nicht kannten, ein Campuswitz. Sie hatte auch den Ruf ziemlich grimmig, fordernd und äußerst kritisch zu sein. Ihr Spitzname „der alte Drachen" war einer, den ich nie verstanden hatte, und ich fand auch wenig, über das ich mich an ihr lustig machen wollte. Ich hielt sie schon immer für eine sehr freundliche Dame, wenn auch direkt und geradeheraus. Zudem wusste sie mehr über Innendesign als viele der jüngeren und modischeren Designer, die uns unterrichteten, jemals lernen würden. Ich liebte sie von Anfang an und war so froh gewesen, als ihr Gesicht um Punkt fünf Uhr durch die Tür gespäht hatte, um die Führung zu beaufsichtigen.

Ich nahm an, wenn mir irgendjemand eine faire Beurteilung geben würde, dann wäre das sie, und sie sagte, dass ich fantastische Arbeit geleistet hatte! Ich konnte meinen Ohren kaum trauen und wollte sie hochheben und vor Freude durch die Luft schwingen, aber beschloss, dass sie das vielleicht nicht allzu gut auffassen würde, weshalb ich mich für einen kräftigen Händedruck entschied. Sie schockierte mich, indem sie mich in eine feste Umarmung zog.

„Ich hatte Sie im Blick, seit Sie mit dem Studium begonnen haben. Sie hatten vielversprechende Fähigkeiten, als Sie hierherkamen dank ihrer Mom, die Ihnen schon in frühen Jahren half, ein künstlerisch kritisches Auge zu entwickeln, und dank der exzellenten Ausbildung Ihres Dads im Holzhandwerk, aber Sie sind als Künstlerin so sehr gewachsen... Ihr einzigartiger Arbeitsansatz war allein Ihr Werk. Ich bin so stolz auf Sie, dass Sie sich so gut schlagen. Sie haben mich kein einzige Mal dazu gebracht, meine Meinung bezüglich Ihrer Fähigkeiten zu ändern. Ich bin mir sicher, dass die Trents jedem, der es wissen möchte, erzählen werden, was für wahrhaft großartige Arbeit Sie an ihrem Haus vollbracht haben. Sie werden von diesem Auftrag eine Menge Arbeit bekommen, Lucy. Möchten Sie, dass ich Ihnen helfe Fotos des Hauses zu machen, damit Sie sie in ihr Portfolio aufnehmen können?"

„Vielen Dank, aber nein, ich bin versorgt", sagte ich strahlend. „Ich habe bereits einen Haufen Fotos gemacht. Es gibt nur noch ein paar Zimmer, die ich noch aufnehmen muss. Danach muss ich nur noch meine Sachen zusammensuchen und aus dem Weg gehen. Vielen Dank noch mal, Mrs. Braithwaite. Sie waren eine fantastische Mentorin."

„Rufen Sie mich jederzeit an Lucy. Hier nehmen Sie meine Karte. Ich habe das Gefühl, dass dies der Anfang einer fantastischen Karriere ist. Ich möchte damit angeben können, dass ich Ihnen auf Ihrem Weg geholfen habe!"

Sie drückte mir eine Visitenkarte in die Hand und lief ruhig über den Gartenpfad zu ihrem Auto. Ich wollte einen Freudentanz aufführen, aber es gelang mir, es auf ein kleinen Hüpfer zu beschränken. Ich rannte zurück zum Haus, wo Margot Trent gerade eine Flasche perfekt gekühlten Champagners ausschenkte.

„Herzlichen Glückwunsch Lucy, wir lieben es. Ich denke, Sie haben mit Bravour bestanden, oder? Zeit für eine kleine Feier, meinen Sie nicht auch?" Ich lachte über ihre Aufregung um meinetwillen.

„Definitiv. Ich freue mich so sehr, dass es Ihnen gefällt. Und wie war der Urlaub?", fragte ich höflich, während ich das Kristallglas entgegennahm, das sie mir reichte, und langsam daran nippte. Die Bläschen kitzelten, als sie durch meine Kehle rannen, aber der Champagner war frisch und trocken und köstlich, auch wenn ich ihn nicht die ganze Zeit würde trinken wollen.

„Dan meinte, es war zu heiß, ich hasse das Hotel, aber die Insel war atemberaubend!", kicherte sie. „Es war toll Lucy, aber ich muss sagen, dass ich so froh bin, wieder zu Hause zu sein, insbesondere jetzt, da mein Haus so aussieht. Es tut mir so leid, dass ich jemals daran gezweifelt habe, dass Sie das in zwei Wochen schaffen können. Wow!"

„Ich liebe mein Büro, Lucy. Sie haben es genau richtig hinbekommen", lobte Dan Trent überschwänglich, als er drei Koffer hereinbrachte, seine Frau küsste und ein Glas Champagner entgegennahm. Er hob sein Glas. „Auf den ersten von vielen unglaublichen Aufträgen, hm?"

Wir stießen unsere Gläser aneinander, die einen hellen Ton von sich gaben, was mir verriet, wie teuer sie gewesen sein mussten. Ich strich mir schüchtern eine Haarsträhne hinters Ohr.

„Ist es okay, wenn ich noch einige Fotos mache?", erkundigte ich mich.

„Natürlich, und Lucy, wenn ein Kunde jemals, so zu sagen, in Fleisch und Blut sehen möchte, was Sie fertigbringen können, dann zögern Sie nicht, uns anzurufen und wir können einen für Sie passenden Termin vereinbaren", sagte Dan ernst.

„Oh vielen Dank, das ist so großzügig von Ihnen beiden."

„Gern geschehen und selbstverständlich werden wir all unseren Freunden davon erzählen und es ihnen zeigen. Ich hoffe, Sie haben sichergestellt, dass wir genügend Visitenkarten von Ihnen haben, die wir verteilen können. Ich denke, wir werden sie brauchen!", verkündete Margot enthusiastisch.

„Oh, und dann ist da noch das. Nein, wagen Sie ja nicht, es abzulehnen", sagte Dan, als er mir einen dickgepolsterten Umschlag in die Hand drückte, der voller fünfzig Dollarscheine war. Ich keuchte.

„Aber mir ist es nicht erlaubt, für Collegearbeiten eine Bezahlung abgesehen von den Materialkosten anzunehmen", versuchte ich zu protestieren.

„So wie es aussieht, haben Sie zwei Wochen lang ohne Pause gearbeitet. Ihre Tutorin muss es nicht erfahren und es hätte uns zehnmal so viel gekostet, hätten wir Sie jetzt angeheuert. Es ist das Mindeste, das wir tun können. Sie haben unglaubliche Arbeit geleistet. Sie verdienen es, mit mehr als nur einem Stück Papier belohnt zu werden, Lucy. Vielen Dank, dass Sie unser Haus zu einem Heim gemacht haben. Es ist wahrhaft perfekt", sagte Dan freundlich.

Ich bewegte mich in einem Zustand leichter, aber zufriedener, Benommenheit durch die Zimmer, während ich Aufnahmen aus allen möglichen Winkeln machte. Ich stieg auf eine Leiter, um so gut es ging Fotos des gesamten Raumes zu machen, und machte Nahaufnahmen der kleineren Details, die ich benutzt hatte, um jedem Raum eine persönliche Note zu verleihen. Ich konnte es nicht erwarten, nach Hause zu gehen, und Apollo und Alison alles zu erzählen. Als ich endlich fertig war, packte ich meine Kamera ein und schüttelte den Trents herzlich die Hände, ehe ich sie allein ließ, damit sie ihr neues Heim in Frieden genießen konnten.

Ich belohnte mich mit einer Taxifahrt nach Hause und war ganz aus dem Häuschen, als ich entdeckte, dass der Umschlag zweitausend Dollar enthielt! Das würde mir gut für weitere drei Monate reichen, wenn ich sorgsam damit umging. Ich küsste den Umschlag und schickte meinen großzügigen ersten zahlenden Kunden ein kleines Dankgebet. Ich zog mein Handy heraus, um Ali die unglaubliche Neuigkeit zu erzählen, nur um eine Nachricht von Apollo vorzufinden.

Also, wie ist es gelaufen? Und was denkst du? ;-)

Er hatte ein Bild angehängt, wie ich ihn gebeten hatte. Ich kam nicht umhin, über das Bild zu lachen, das er geschickt hatte. Als meine anfängliche Reaktion jedoch verflog, nahm ich die wohldefinierten Bauchmuskeln, die muskulösen, aber sanft aussehenden Hände und die festen Brustmuskeln wahr, die genau richtig ausgeprägt waren. Apollo war gewiss wie der griechische Gott gebaut, nach dem er sich benannt hatte, das war mal sicher. Ich war überrascht, festzustellen, dass mein Körper nur auf ein Bild reagierte, doch mein Atem kam etwas schneller, meine Nippel zogen sich zusammen und ich spürte einen schmerzendes Pochen tief in mir, das ich seit Jahren nicht verspürt hatte, seit Cole um genau zu sein. Dieser Kerl war sexy, daran bestand kein Zweifel. Er war nett, er war witzig und ich konnte nicht länger leugnen, dass ich ihn wirklich mochte.

Meine Finger zitterten, als ich die Worte tippte, aber Alison hatte recht. Ich musste irgendwann aus meinem Schneckenhaus kommen. Ich musste nach vorne schauen.

Okay Apollo. Es ist Zeit für die vollständige Enthüllung. Isst du gerne Japanisch? Falls ja, dann triff mich Sonntagabend um 20Uhr im Nom Nom Sushi!

Abgemacht! Aber du hast meine andere Frage nicht beantwortet?

Ich war verwirrt, dann las ich seine

Nachricht noch mal, wobei ich mich bemühte, mich dieses Mal nicht von seinem super scharfen Körper ablenken zu lassen. Ich lachte, als ich registrierte, dass es ihm gelungen war, mich zwei Wochen, streich das, zwei *Jahre* irrsinnig harter Arbeit vergessen zu lassen, indem er mir nur seinen köstlich gebräunten, männlichen Körper gezeigt hatte.

Spitze, ich erzähle dir alles am Sonntag!

Das Taxi fuhr vor meinem Block vor und ich fischte einen Fünfziger aus dem Umschlag, um ihn zu bezahlen. Ich musste laut lachen, als ich einen Fahrer zum ersten Mal in meinem Leben fragen hörte „Haben Sie es nicht kleiner?" und ihm verneinend antworten musste. Er gab mir murrend mein Wechselgeld und ich schnappte mein Zeug und rannte ins Apartment in der Hoffnung, dass ich Alison noch erwischen würde, ehe sie zum Theater ging.

Sie saß auf dem Sofa und knabberte nervös an ihren Fingernägeln. Sie drehte sich mit bleichem Gesicht um, als sie mich durch die Tür stolpern hörte.

„Ich habe mit höchster Auszeichnung bestanden, ich habe ein Date mit Apollo, die Trents haben mir zweitausend Kröten bezahlt und hast du jemals irgendetwas so verdammt atemberaubend Sexyes wie das hier gesehen!", platzte es aus mir heraus, während ich ihr mein Handy und das Foto von Apollo und dem Elch unter die Nase hielt.

„Whoa, mach mal langsam Luce. Ich weiß, ich hab nicht viel Zeit, aber im Ernst, kann das alles in der Spanne von einem Tag passieren?" Ich nickte, plötzlich unfähig, zu sprechen, als mich die Realität des Ganzen einholte. Sie betrachtete das Foto. „Mmmm, tja, ihn schmeißt du sicher nicht aus dem Bett, weil er Kräcker isst! Wen interessiert schon, wie sein Gesicht aussieht, wenn der Rest von ihm so gut aussieht!"

„Mh-hm", war alles, das ich rausbrachte. Ich warf ihr den Umschlag voller Dollarscheine entgegen. „Nimm dir, was auch immer ich dir schulde Ali. Du hast die letzten ein, zwei Monate so viel von meinen Anteilen bezahlt."

„Nein, Süße, behalt das. Das ist dein Startkapital, während du dein Geschäft zum Laufen bringst. Du wirst es brauchen. Du wirst für Aufträge erst bezahlt, wenn sie erledigt sind. Also wird es dir wirklich helfen, wenn du Reserven für ein oder zwei Monate hast. Du zahlst mir das Geld zurück, wenn alles gut läuft."

„Okay", murmelte ich, plötzlich erschöpft. Es war in jeglicher Hinsicht ein sehr großer Tag gewesen.

„Ich wusste, dass du fantastische Arbeit leisten würdest. Und ich kann nicht fassen, dass du ein Date hast! Hat er dich gefragt?"

Ich schüttelte den Kopf, während ich hoffnungslos zu kichern begann. „Nope, ich habe ihn gefragt."

Ihre Augen quollen aus den Höhlen.

„Okay, wer bist du und was hast du mit meiner Freundin gemacht?"

Sie zog mich in eine Umarmung und flüsterte: „Ich freue mich so sehr für dich."

„Du wirst mir doch helfen, etwas zusammenzustellen, das ich auf das Date anziehen kann, oder?"

„Versuch nur, mich aufzuhalten. Aber wir werden über das alles morgen reden müssen, denn ich bin wie immer spät dran. Ich werde dermaßen froh sein, wenn dieser Durchgang fertig ist und wir uns in den Proben für das neue Stück befinden. Geh und mach ein Nickerchen und wir feiern, wenn ich heute Abend fertig bin. Ich bringe Pizza und Champagner mit, außer dir wäre eine Nacht in der Stadt lieber?"

„Pizza und Bier wären klasse. Ich hatte heute schon Champagner. Es war nett, aber nicht so toll, dass ich ihn noch mal bräuchte. Hals und Beinbruch."

Sie küsste mich auf die Wange und wir gingen gemeinsam zur Tür. Sie drückte meinen Arm stolz und lief nach draußen. Ich schloss die Tür hinter ihr und ging durch den Flur zu meinem Zimmer.

Nachdem ich mich auf mein Bett hatte fallen lassen, betrachtete ich abermals das Foto von Apollo. Er war wirklich ein Klugscheißer, dass er mir ein Bild von seinem Körper und nicht seinem Gesicht geschickt hatte. Ich mochte seinen Stil. Ich konnte nicht leugnen, dass ich auch seinen perfekt geformten Körper mochte.

Alles in meinem Leben schien sich ausnahmsweise einmal positiv zu entwickeln und ich hatte Dinge, auf die ich mich freuen konnte. Ich wünschte mir beinahe, dass der Sonntag schneller kommen würde. Ich konnte es kaum erwarten, mich mit ihm zu treffen und herauszufinden, ob wir wirklich gut zusammenpassten. Ich drückte das Handy an meine Brust und schlief ein.

9

COLE

„Ich glaube, es gibt eine Reservierung im Namen von Lucy Rivers, für zwei?"

Der Portier musterte mich kritisch von oben bis unten. Ich bestand eindeutig irgendeine Art Test, denn er ließ sich dazu herab, in dem Buch nach unserer Reservierung zu schauen.

„Folgen Sie mir, Sir", sagte er schließlich mit hoher Stimme. Ich war ein wenig überrascht davon; er war ein ziemlich großer, gut gebauter Mann. Aber ich tat wie geheißen. Er führte mich zu einem Tisch, der in einem Alkoven stand. Das Restaurant war proppenvoll, besucht von einigen intimen Pärchen sowie ein oder zwei lauten Gruppen. Es war eindeutig ein sehr beliebtes Restaurant und ich liebte die Backsteinwände und die schlichte Dekoration. Es fühlte sich ehrlich an und wenn ich mir das bunte und aromatische Essen, das aus der Küche getragen wurde, so anschaute, konnte ich genau sehen, warum Lucy es vorgeschlagen hatte.

Ich setzte mich mit dem Rücken zur Tür hin. Ich wollte sie nicht zu früh verscheuchen. Mein Magen überschlug sich vor Nervosität. Es fühlte sich an, als hätte ich eine ganze Höhle voller Fledermäuse verschluckt und als wollten sie alle gleichzeitig raus. Jetzt oder nie, dachte ich.

Alles, worauf ich während all dieser verrückten Reisen durch das Land, zu jedem College und Universität mit ironischerweise Ausnahme der in Massachusetts und Rhode Island, gehofft hatte,

hatte mich zu diesem Abend geführt. Würde ich sie davon überzeugen können, hierzubleiben und mich anzuhören? Würde sie das hier nur als eine weitere Manipulation oder Verrat sehen? Würde sie mir die Zeit geben, mich zu erklären?

Ich hatte es weder Mom noch Tom erzählt. Ich wollte ihnen keine falschen Hoffnungen machen, falls alles wieder den Bach runterging. Ich hatte nicht einmal Jake oder Callie erzählt, dass sie endlich einem Date zugestimmt hatte. Ich wollte sie nur diesen einen Abend ganz für mich allein haben. Ich wollte sehen, wie es laufen würde, ohne das mögliche Mitleid oder übermäßige Begeisterung, die meine Freunde oder Familie dem Ganzen hinzufügen würden. Ich wollte einfach nur noch einmal ihr Gesicht sehen, in Fleisch und Blut.

Ich klopfte mit den Essstäbchen auf den Tisch und trommelte nervös, während ich beobachtete, wie der Zeiger auf der Uhr über der Küchentür immer näher zur Acht rückte. Warum war ich so früh gekommen? Fünfzehn Minuten früher herzukommen, damit ich dafür sorgen konnte, dass ich nicht so leicht entdeckt werden konnte, bevor sie auch nur zum Restaurant kam, hatte wie eine klasse Idee geklungen. Vielleicht hätte ich die Methode wählen sollen, sie warten zu lassen, aber dann wäre sie zusätzlich zu allem anderen sauer auf mich gewesen, weil ich zu spät war.

Fuck, das hier war eine so dämliche, verrückte Idee.

Endlich nach einer gefühlten Ewigkeit hörte ich Schritte hinter mir.

Instinktiv wusste ich, dass es sie war. Diese Schritte gehörten keinem vorbeigehenden Kellner oder anderem Gast. Nein, hinter mir, in genau dem gleichen Raum stand meine Lucy und mein ganzer Körper vibrierte vor freudiger Erwartung.

„Apollo?", wollte eine zögerliche Stimme wissen.

Ich holte tief Luft, stand auf und drehte mich um.

Lucy sah umwerfend aus. Sie trug ein niedliches Kleid im Stil eines Kimono, das so kurz geschnitten war, dass es ihre fabelhaften Beine aussehen ließ, als würden sie nicht enden. Doch all das spielte keine Rolle, als sich unsere Blicke begegneten und ich sie betrachtete.

Ihr Gesicht war so perfekt wie in meiner Erinnerung, einige winzige vereinzelte Sommersprossen auf ihrem Nasenrücken und dieses dicke, lockige rotbraune Haar, das ihr den Anschein einer wilden Frau verlieh. Und dann waren da die funkelnden Augen, die anfänglich sanft und nachgiebig dreingeblickt hatten und mich jetzt mit Dolchen durchbohrten.

„Cole!", spuckte sie aus, während sich tiefe Linien in ihr jetzt wütendes Gesicht gruben. Lucy trat nach vorne und für eine Sekunde glaubte ich, sie würde mich umarmen. Doch dann schwang ihr Arm durch die Luft und sie verpasste mir eine saftige Ohrfeige auf die Wange.

Whoa, damit hatte ich nicht gerechnet, dachte ich, während ich eine Hand auf meine brennende Wange presste. Ich schüttelte den Kopf in dem Versuch, meine Fassung zu erlangen, aber ich war bereits zu spät dran, um eine Hand auszustrecken und sie aufzuhalten. Sie stürmte durch das Restaurant, als wäre ihr ein Tiger auf den Fersen. Ich warf einige Zehner auf den Tisch und rannte ihr hinterher.

Fuck, fuck, fuck.

Ich hatte es schon wieder vermasselt. Ich hatte sie verletzt, sie belogen und warum in aller Welt hatte ich jemals gedacht, sie würde sich ruhig hinsetzen und einfach über alles reden? Dumm, Cole, eine wirklich dumme Idee!

Ich reckte den Hals, um sie zu sehen, schaute nach links und rechts und erspähte sie schließlich, wie sie die Straße hinabhastete, wobei eine Wolke ihrer Haare hinter ihr wippte.

„Lucy!", brüllte ich. Sie drehte sich, um über ihre Schulter zu mir zu schauen, wandte sich jedoch sogleich wieder ab und rannte noch schneller.

Ich jagte hinter ihr her, wobei mir schlagartig bewusst wurde, wie unfit ich in dem Sommer im Büro der Staatsanwaltschaft geworden war. Ich würde sie jedoch auf keinen Fall entwischen lassen. Nicht jetzt. Schon bald keuchte ich bei dem Versuch, mit ihr mitzuhalten. Sie war in guter Form, ihr zierliches Hinterteil schien über die Straße zu tanzen, immer gerade außer Reichweite.

„Lucy, stopp. Ich möchte nur reden!" Sie ignorierte mich.

Mit knirschenden Zähnen beschleunigte ich meine Geschwindigkeit ein letztes Mal. Meine Schenkel brannten, als ich rannte und es langsam, aber sicher schaffte, sie einzuholen.

Ich packte ihren Arm und zerrte sie in die nächste Gasse. Ich konnte nicht sagen, was über mich kam, als ich sie gegen ihren Willen, tretend und schreiend, mit reiner Muskelkraft weiter zu einer Stelle schleifte, wo wir nicht gesehen werden würden. Ich benutzte mein Körpergewicht, um sie an der Wand zu fixieren. Ich war in keiner Weise ein gewalttätiger Mann, aber ich musste sie dazu bringen, mit mir zu reden, musste sie dazu bringen, mich anzuhören.

„Lass mich gehen, Cole. Oder ich schreie!"

Ich war in Panik und konnte in ihren Augen sehen, wie groß ihre Angst war. Da ich wieder zu Sinnen kam, lockerte ich meinen Griff ein wenig, aber nicht so weit, dass sie mir entwischen konnte.

„Lucy, ich will dir nicht wehtun, das verspreche ich. Ich muss einfach nur mit dir reden und wissen, dass es dir gut geht", flehte ich sie an, während mir ihre lebhaften grünen Augen nichts als Hass entgegenschleuderten. Ich sackte vor Enttäuschung, wie sehr ich alles versaut hatte, in mich zusammen. *Schon wieder.* Ich griff auf die reine Wahrheit zurück in der Hoffnung, dass ihr das helfen würde, zu verstehen, warum ich so brutal war und mich so untypisch verhielt.

„Ich liebe dich, du verrückte Frau."

Lucy hörte auf, herum zu zappeln, als sie meine Worte verarbeitete und ihre Augen wurden weicher. Sekunden, in denen wir beide nach Luft schnappten, vergingen.

Gott, wir waren uns so nahe und es fühlte sich an, als wäre jeder Rezeptor in meinem Gehirn überlastet. Ich konnte kaum verarbeiten, dass sie hier vor mir war, meine Hände die nackte seidige Haut ihrer Arme berührten und mein Oberkörper ihren gefangen hielt. Eine Wolke ihres süßen Vanilleparfüms hing zwischen uns, was die Beule zwischen meinen Beinen vor Verlangen anschwellen und härter werden ließ.

Sie schluckte. Ich wusste, sie konnte meinen Schwanz an sich gepresst fühlen, aber sie wollte immer noch freigelassen werden.

„Cole", seufzte sie. „Lass mich los."

„Nein, nicht bis ich gesagt habe, was gesagt werden muss." Scheiße, wo soll ich nur anfangen, dachte ich. Jetzt da sie hier war, waren die Worte, die ich sagen wollte, in alle Richtungen zerstoben. *Sei einfach ehrlich.*

„Weißt du, wie lange ich auf diesen Moment gewartet habe? Fuck, Luce, du weißt, dass ich dich liebe. Ich habe dich so ziemlich mein ganzes Leben geliebt. Ich habe das ganze Land abgesucht in dem Versuch, dich zu finden – genauso wie dein Dad. Wir waren krank vor Sorge. Ich verstehe, dass du wütend auf mich bist, ich habe dich reingelegt und das war falsch, aber hättest du dich jemals mit mir getroffen, wenn du gewusst hättest, wer ich war?" Meine Stimme klang erstickt von Leidenschaft und Leid, denn die Jahre des Schmerzes, in denen ich nicht gewusst hatte, wo sie war, waren nicht spurlos an mir vorüber gegangen.

Sie schüttelte den Kopf und in ihren Augen blitzte es wieder auf.

„Nein Cole, du hast recht. Ich wäre nicht gekommen", erwiderte sie. „Aber mich zu lieben, reicht nicht, um wieder gut zu machen, was du getan hast. Was um Himmels willen ist mir dir passiert, dass du einer Frau, irgendeiner Frau, so etwas antun konntest?"

Ich hatte nichts zu meiner Verteidigung vorzubringen, nur die Ausrede unvergänglicher Liebe. Dennoch hatte sie recht, ich konnte selbst kaum glauben, was ich getan hatte.

„Gott, ich habe euch alle so sehr vermisst, aber es reicht nicht, einfach ‚Ich liebe dich' zu sagen und dann verschwindet auf magische Weise alles und alles ist gut", sagte sie.

Tränen rannen über ihre Wangen und ich konnte sie auch in meinen Augen brennen spüren. Ich ließ ihren Arm los und strich die Feuchtigkeit von ihrem Gesicht, dann legte ich meine Hand an ihr Kiefer. Ihr Gesicht war jenes, in das ich mich vor so langer Zeit Hals über Kopf verliebt hatte.

Unsere Blicke verhakten sich und ihre Brust hob und senkte sich in schneller Abfolge, während meine Finger über ihre Unterlippe glitten. Eine letzte Chance, dachte ich, ein allerletzter Versuch.

Und selbst wenn ich es gewollt hätte, ich konnte mich nicht aufhalten. Die Versuchung, so nah bei ihr zu sein und ihren schmalen Körper an meinen gedrängt zu fühlen, war mehr als meine gequälte Seele ertragen konnte.

Ich neigte meinen Kopf zu ihrem und eroberte ihren Mund, bevor sie Einwände erheben konnte. Es war ein wütender Kuss und erfüllt von all dem angestauten Frust und Zorn, dass wir so viele Jahre verpasst hatten, dass sie immer noch so verdammt stur war und dass ich, ganz egal, wie sehr ich mich angestrengt hatte, sie nicht aus meinem Kopf kriegen konnte.

Zuerst reagierte sie nicht, sondern nahm sich einen Moment, um sich dem Kuss hinzugeben. Ein Stöhnen entwich ihrem Mund und langsam, so unglaublich langsam, kroch ihre Hand meinen Nacken hoch und ihre von der Arbeit rauen Finger vergruben sich in den Haaren in meinem Nacken. Ihre Lippen teilten sich und endlich erwiderte sie den Kuss – so hungrig auf mich, wie ich auf sie war.

Es war kein Vergleich zu unserem ersten Kuss, dem süßen Kuss der Erkundung vor all diesen Jahren, dem Kuss, der mich all diese Jahre geplagt hatte. Nein, dieser war voller erwachsener Leidenschaft und Wut. Er war höllisch heiß und ich konnte meinen Schwanz an ihrem straffen Bauch pulsieren fühlen. Ich hob sie hoch und sie schlang ihre Beine um meine Taille, rieb ihr Becken an meinem in einem qualvollen Rhythmus, auf den mein Körper sofort reagierte.

„Du weißt nicht, wie oft ich über das hier nachgedacht habe", ächzte ich, als ich ihren Mund wiederfand.

Ich hielt sie fest, denn ich wollte sie

nie wieder gehen lassen – aber ich wusste, dass wir diese stürmische, leidenschaftliche Umarmung irgendwann lösen und reden mussten. Ich betete nur immer wieder, dass sie mir eine Chance zum Sprechen geben und mich dieses Mal anhören würde.

Sie fühlte sich so gut an, fest an meine Brust gepresst, während ihre Hände über die Muskeln meiner Schultern und Rücken kratzten. Ihre Pobacken passten perfekt in meine Hände und ich sehnte mich danach, sie überall zu berühren und zu schmecken, das Kleid von ihr zu schälen und den Körper darunter zu enthüllen.

„Cole", keuchte Lucy, während ich Küsse auf ihren entblößten Hals drückte. „Stopp, Cole. Wir müssen reden…"

Der Zauber war gebrochen. Das war weder der richtige Zeitpunkt noch der richtige Ort und ich begann zögerlich, mich von ihr zu lösen. Ich stellte sie sanft auf den Boden, aber hielt sie nach wie vor dicht an mein Herz.

„Okay, lass uns zurück zum Restaurant gehen. Wir können dort reden."

Sie schüttelte den Kopf und begann, mich mit den Händen auf meiner Brust von sich zu stoßen. „Nein, Cole. Ich habe es mir anders überlegt. Ich kann das nicht tun... nichts davon."

Ich trat einen Schritt zurück von ihr und versuchte, zu verstehen, was sie sagte, aber meine Gedanken kamen einfach nicht dahinter. Ich war viel zu erregt und es war verdammt schwer, zu denken.

„Warum zum Teufel nicht? Komm schon Luce, ich behaupte nicht, dass ich dieser Tage noch irgendetwas über dich weiß, aber das Mädchen, das ich einst kannte, steckt noch immer in dir. Dieser Kuss hat es bewiesen. Nicht zu vergessen all die E-Mails und SMS während der letzten paar Wochen. Diese Lucy liebte ihre Familie, liebte ihre Freunde und hat allen immer zumindest einen Vertrauensvorschuss eingeräumt. Sie ist immer noch dort drinnen", sagte ich, wobei ich nicht wusste, ob ich versuchte, sie oder mich zu überzeugen.

„Diese Lucy ist gestorben, als Steph meinen Dad gezwungen hat, meine Mom zu verraten", verkündete sie nüchtern. Das leidenschaftliche Begehren in ihren Augen wurde von einem tiefen Kummer ersetzt, der in Sekundenschnelle Besitz von ihr ergriff.

„Das glaube ich nicht, Lucy. Bitte, können wir nicht irgendwo hingehen und reden?"

„Na schön, aber nicht ins Restaurant, irgendwo andershin. Und erwarte nicht, dass das irgendetwas ändert, und denke nicht, dass du noch mal deinen Willen bekommst, indem du diese... diese Anziehung zwischen uns ausnutzt."

Ihr Gesicht war verdrossen und sie verzog es auf eine Weise, die mich so sehr an die Lucy erinnerte, die durch das Haus gegeistert war, das wir uns in jenem letzten Jahr geteilt hatten. Die Lucy, die sich zurückgezogen hatte und launisch geworden und nicht wieder zu erkennen gewesen war, wenn sie ihren Willen nicht bekommen hatte.

Da ich wusste, dass wir an einen neutralen Ort gehen mussten, schlug ich vor, dass wir einfach in ein kleines Diner gehen könnten, an dem wir vorbeiliefen. Wir liefen steif und so weit voneinander entfernt, wie sie es schaffte, die Hauptstraße entlang.

Eine Kellnerin nahm unsere Bestellung auf und brachte unsere Getränke. Cola für mich und ein Root Beer für sie. Es hätte einer der vielen Abende sein können, die wir gemeinsam im Diner zu Hause gesessen hatten. Sie starrte mich an und wartete eindeutig darauf, dass ich zu sprechen begann. Jetzt, da ich sie hier hatte, hatte ich überhaupt keine Ahnung, wo ich anfangen sollte. Mir fehlten abermals die Worte – das war vermutlich nicht das Beste für einen angehenden Anwalt. Aber Lucy und diese umwerfenden Augen hatten mich schon immer auf eine Art sprachlos machen können.

„Herzlichen Glückwunsch, dass du dir deine Träume erfüllt hast, Lucy", begann ich zögerlich, obwohl ich wusste, dass das das Dämlichste war, das ich hätte sagen können.

„Danke", sagte sie spröde wie eine alte Jungfer. Das brachte mich zum Lachen. Sie funkelte mich böse an. Ich musste allerdings zugeben, dass es mich von neuem ganz heiß machte, diese perfekten Augen wieder voller Feuer und Leidenschaft zu sehen an Stelle des ausdruckslosen Nichts, das sie ersetzt hatte. Ich war froh, dass der Tisch verbergen würde, wie sehr mir das gefiel.

„Oh komm schon, Lucy, gönn mir mal ne Pause, bitte? Das Einzige, das ich getan habe, war meine Mom zu unterstützen, die auch eine ziemlich harte Zeit hinter sich hatte, nachdem mein Vater uns verlassen hatte, falls du dich noch erinnerst. Also dachte ich, dass sie ein bisschen Glück verdiente, wenn du das falsch findest, dann verklag mich doch!"

Lucy starrte auf den Tisch und schüttelte den Kopf.

„Das schon wieder? Schön, dann lass uns über all das reden. Ich weiß, dass es deine Mom auch schwer hatte, aber warum konnte sie sich nicht jemand anderen suchen? Jemand anderen als meinen Dad?" Sie seufzte schwer.

„Ich war einfach so wütend auf alles. Ich war wütend, dass meine Mom fort war und ich war wütend, dass sie mir genommen wurde, als der wichtigste Teil meines Lebens passierte. Du weißt, dass meine Noten in den Keller fielen – um Himmels willen du hast sogar angeboten, dich in den Schulcomputer einzuhacken, um sie für mich zu ändern! Ich war wütend, dass gerade, als wir eine Beziehung – eine echte – zu entwickeln schienen, uns diese wieder weggenommen wurde. Und das Schlimmste von allem war, dass es den Anschein machte, als würde niemand Mom so vermissen wie ich. Wie konnte mein Dad auch nur über eine Beziehung mit einer anderen nachdenken, geschweige denn wieder heiraten und ein gottverdammtes Baby bekommen?! Und das mit *deiner* Mom. Verstehst du denn nicht? Es hat alles zwischen uns ruiniert und dich zu meinem Bruder gemacht, wo ich doch wollte, dass du mein fester Freund wirst. Es war alles einfach so verdammt falsch!"

10

LUCY

Es war das erste Mal, dass ich irgendetwas von diesen Dingen ausgesprochen hatte. Ich konnte meine eigenen Ohren kaum glauben, als alles, das ich die letzten Jahre zurückgehalten hatte, einfach aus mir heraus zu purzeln schien. Merkwürdigerweise fühlte ich mich leichter, nachdem ich endlich alles gestanden hatte.

Nichts von dem, was ich gesagt hatte, schien ihn zu schockieren. Er hatte mich schon immer so gut gekannt und anscheinend, verstand er mich nach wie vor besser, als alle anderen es jemals getan hatten, einschließlich Alison.

Ich hob meinen Blick, um Cole anzuschauen und erinnerte mich sofort an unseren Kuss, den, der meine Knie zum Zittern gebracht hatte. Ich biss auf meine Lippe und versuchte, mich dazu zu zwingen, nicht daran zu denken, nicht jetzt. Ich musste mich an meinen Zorn klammern. Er war das Einzige, das mich all diese Jahre angetrieben hatte… und dennoch ließ ein Blick auf seine weichen Lippen, die zum Küssen einluden, meinen Entschluss dahinschwinden. Ich wollte, dass er das alles noch mal machte; mich berührte, seine Zunge in meinen Mund schob und diese Schauer wieder wie Elektrizität über meine Arme tanzen ließ.

„Luce, du hast das alles die ganzen Jahre mit dir herumgeschleppt. Ich hasse es auch, dass du plötzlich meine Schwester wurdest. Es war beschissen, deine sexy Beine überall im Haus zu sehen, wohin ich auch ging. Und die Erinnerungen an die Male, als ich dich in der Dusche erwischte, sind mir seitdem ins Gedächtnis gebrannt, aber nichts davon war so, wie du denkst. Mom und Tom haben deine Mom nicht betrogen. Jo wollte, dass sie zusammenkamen, wollte, dass sie unsere Familien zusammenhielten, wollte, sicherstellen, dass zwei Menschen mit gebrochenem Herzen nicht einsam waren. Ja, sie haben sich auch verliebt – aber deine Mom hat sie dazu gedrängt, sich anzunähern, noch bevor sie überhaupt tot war."

„Ja, das hat jeder versucht mir einzureden, als ich sechzehn war. Ich erinnere mich an all die Ausreden. Ich weiß, dass niemand dachte, ich würde zuhören, aber im Ernst, hat irgendjemand erwartet, dass ich diesen Mist glaube?", erwiderte ich wieder wütend.

„Meine Mutter hätte sich so sehr geschämt, hätte sie gewusst, dass sie ihrem Ehemann so wenig bedeutete, dass er innerhalb eines Jahres nach ihrem Tod wieder heiraten und sogar noch schlimmer ein Kind mit einer anderen haben konnte. Es ist krank und verkorkst und einfach zu verdammt praktisch, es der toten Frau in die Schuhe zu schieben. Nein Cole, du wirst mich nicht dazu bringen, ihnen zu vergeben. Ich denke, dass ich dir vielleicht schon vor langer Zeit vergeben habe, aber ich bin noch nicht einmal annähernd dafür bereit, ihnen zu vergeben."

Er betrachtete mich traurig und ich wusste, dass es sich für ihn so anfühlte, als meinte ich das als Abschied.

Unsere Burger wurden serviert und wir aßen schweigend.

Jeder Bissen schmeckte wie Sägespäne und ich erstickte beinahe bei dem Versuch, ihn zu schlucken. Ich wollte einfach nur noch fliehen und von neuem den Verlust meines besten Freundes betrauern. Ich hatte nicht nur Cole zum zweiten Mal verloren, sondern auch meinen geliebten Apollo, den Mann, der mir ein Gefühl von Sicherheit und solche Hoffnungen für die Zukunft gegeben hatte.

Ich bemühte mich, nicht an den Kuss zu denken, diese brutale und vernichtende Umklammerung, die wir in der Gasse geteilt hatten. Mein Körper wollte ihn eindeutig noch immer, und zwar heftig, weshalb ich versuchte, sämtliche Gedanken daran, seine Männlichkeit hart in mich dringen zu spüren, zu verbannen.

Ich hatte noch nie zu irgendjemand anderem als Cole eine solche Verbindung verspürt, obgleich ich nicht viel hatte, mit dem ich es hätte vergleichen können. Ich ließ nicht mehr unbedingt jeden an mich ran. Doch selbst als ich nur in seiner Nähe saß, knisterte diese Elektrizität durch jede Zelle meines Körpers und ich wollte ihn, sogar jetzt.

Plötzlich legte er seinen Burger auf den Teller, ohne davon abgebissen zu haben. „Lucy, ich weiß nicht, ob ich einfach aufstehen und von dir weglaufen kann, wenn wir dieses Essen beendet haben."

Ich legte meine Gabel ab und trank einen Schluck von meinem Root Beer. Ich musste mir Zeit verschaffen, um über das nachzudenken, was er sagte. Ich wollte auch nicht von ihm weglaufen, aber ich konnte keine Möglichkeit sehen, wie wir jemals zusammen sein konnten. Er war nach wie vor Teil der Familie, mit der ich nichts zu tun haben wollte.

Er war noch immer mein Stiefbruder.

„Ich auch nicht, aber ich kann dich nicht bitten, deiner Mom den Rücken zu kehren. Das werde ich nicht tun. Es ist beschissen keine Familie zu haben und ich würde das niemandem wünschen – aber ich kann sie nicht akzeptieren, nicht jetzt, vielleicht niemals."

„Wärst du vielleicht in der Lage, mich zu akzeptieren, wenn ich sie oder alles, was zu Hause passiert, dir nicht unter die Nase reibe? Könntest du einfach nur mich, ohne anderen Ballast, nehmen?"

Seine Augen flehten mich an, die tiefen und schmelzenden braunen Iriden so warm und einladend. Ich wollte nicht Nein sagen, aber wusste auch nicht, ob auch nur einer von uns irgendeine realistische Entscheidung traf. Seine Familie war ein solch großer Teil von ihm, von dem, wer er war. Seine E-Mails und SMS hatten mir das verraten – selbst wenn ich das von all den Jahren unserer Freundschaft nicht über ihn gewusst hätte. Konnte man wirklich von ihm erwarten, niemals mit mir über sie zu reden? Würde er das überhaupt wollen?

Es war Irrsinn und egoistisch, das von ihm zu verlangen. Ich schüttelte den Kopf. „Cole, du liebst sie. Steph, Dad und wie heißt sie noch mal... Morgan? Du hast praktisch über nichts anderes in deinen E-Mails geredet. Ich denke nicht, dass ich dich bitten kann, das zu tun, sie nie in meiner Gegenwart zu erwähnen. Das wäre unfair und grausam."

„Nein, ich kann das tun. Ich kann es trennen."

Ich schüttelte abermals den Kopf und versuchte, die Tränen aufzuhalten, die erneut zu fallen drohten, als ich den verzweifelten Ausdruck in seinen Augen sah, die mich anflehten.

„Ehrlich Lucy, ich kann das tun. Ich habe mehr als genug Dinge in meinem Leben, über die ich mit dir reden kann. Meine Arbeit, deine Arbeit, mein Studium, Musik, Freunde. Wir können das tun. Ich kann dich nicht noch mal verlieren, ich kann einfach nicht."

Ich wollte selbstlos sein und wusste, dass es das Richtige wäre. Ich wollte ihn dazu bringen, mich allein zu lassen und nie wieder zurückzukommen, aber ich wollte ihn zu sehr, um ihn gehen zu lassen. Ich wusste, dass es nur in großem Kummer für uns beide enden konnte, ein zweites Mal, aber ich brauchte ihn. Das hatte ich schon immer. Stiefbruder hin oder her, er war der einzige Kerl, der mein Herz jemals zum Flattern und meinen Körper dazu gebracht hatte, mit solcher Leidenschaft zu reagieren. Ich war nicht stark genug, um zu tun, was richtig war.

„Bist du dir sicher?", fragte ich zögerlich.

Er nickte und umklammerte meine Hand so fest, als würde er sie nie wieder loslassen wollen. Ich griff nach oben, um seine Wange zu umfangen. Ich streichelte die weiche Haut, spürte die leichten Bartstoppeln und suchte nach dem liebenswerten Jungen, den ich gekannt hatte. Er steckte noch immer da drinnen, hinter all den scharfen maskulinen Zügen, doch die Veränderungen an ihm ließen ihn so viel besser aussehen als ein Mann das Recht hatte, auszusehen.

„Dann denke ich, dass wir uns die Rechnung bringen lassen und von hier verschwinden sollten, bevor ich dir erlaube, mich noch mal zu küssen", sagte ich in dem Versuch, einen Witz zu reißen.

Er musste nicht zweimal gebeten werden und innerhalb von Minuten setzte uns ein Taxi bei seinem Apartment ab. Es war winzig, nur eine Kombination aus Küche und Wohnzimmer, ein Bad und ein Schlafzimmer. Es sah ein bisschen heruntergekommen aus, aber es war sauber und ordentlich. Cole war schon immer so gewesen. Ich lächelte; froh darüber, dass sich das nicht verändert hatte. Ich war die Chaotische – trotz meiner Leidenschaft für wunderschön gestaltete Innenräume konnte ich ein sauberes Zimmer in Minutenschnelle in ein künstlerisches Chaos stürzen.

Er hatte kaum die Tür geschlossen, als ich mich auch schon auf ihn stürzte. Ich wollte heute Abend nicht mehr reden. Ich wollte mich einfach in ihm verlieren und dann jeden Tag Minute um Minute in Angriff nehmen, bis das Unvermeidliche passieren und alles zu schwierig werden würde. Ich würde mir diese Nacht mit ihm gönnen; es würde keine Schuldgefühle, keine Gedanken an jemand anderen geben. Nur ich und er... wie es sein sollte.

―――

Ich küsste ihn wild und spürte, wie mein Körper reagierte, sobald ich ihn berührte und er mich berührte. Jede noch so kleine Zelle von mir war so hyperempfindlich und die leichteste Berührung ließ mich vor Vorfreude erbeben. Er hob mich hoch und trug mich zu seinem Bett, auf das er mich legte, als wäre ich der kostbarste Schatz auf der ganzen Welt. Ich griff nach oben und schob den Vorhang glänzender nussbrauner Haare aus seinen Augen, während er sich nach unten beugte, um meine bereits geöffneten Lippen zu küssen. Ich wölbte mich ihm entgegen und unsere Münder begegneten sich, dieses Mal sanfter. Das war ein erkundender, kein dominierender Kuss und ich hieß seine forschende Zunge willkommen. Ich saugte sachte daran und freute mich über das leise Stöhnen, das seiner Kehle entwich.

Meine Hand glitt seinen harten Oberkörper hinauf und schob sein Hemd nach oben, begierig, den wunderschönen Körper, von dem er mir ein Foto geschickt hatte, mit eigenen Augen zu sehen. Ich fuhr jede Vertiefung nach, leckte über seine Nippel und küsste die Erhebungen seiner Bauchmuskeln, nachdem er sich neben mich hatte fallen lassen.

Mit einem merkwürdigen Gefühl der Macht setzte ich mich rittlings auf seinen Körper und öffnete langsam die Knöpfe meines kleinen schwarzen Kleides. Ich beobachtete sein Gesicht und wurde mit purer Lust belohnt, die über sein Gesicht huschte, als ich den Saum hoch und über meinen Kopf hob.

An meiner Taille beginnend zeichnete er mit den Händen eine himmlische Linie nach oben zu meinem BH. Er schob seine Finger unter den Stoff und umfing meine Brüste, während sich meine Nippel gegen die Spitze meines schwarz und rosa BHs drängten. Er bewegte den Stoff zur Seite und neckte die Nippel, beugte sich nach oben, um sie in seinen Mund zu nehmen. Er saugte zärtlich, wobei seine Zungenspitze über meine Knospe schnellte, was mich zum Stöhnen brachte.

Ich konnte spüren, dass ich von jeder seiner Berührungen, jedem Blick feuchter wurde. Meine Hüften drängten sich seinen entgegen und rieben über sein vergrößertes Glied. Wir schrien beide leise auf wegen der exquisiten Folter.

Plötzlich packte er mich an den Armen und rollte mich unter sich. Er drückte Küsse auf meine Lippen, meine Kehle hinab, in die Spalte zwischen meinen Brüsten und wanderte immer tiefer nach unten, bis er den winzigen Spitzenstoff erreichte, der mein Höschen war. Ich schämte mich beinahe, dass ich so feucht für ihn war, aber er schien sich darüber zu freuen, dass er mich dermaßen erregt hatte.

„Möchtest du, dass ich dich dort küsse?", fragte er mit einem wissenden Lächeln im Gesicht.

Ich nickte und umklammerte die Stangen des metallenen Bettgestells hinter meinem Kopf, während er ein weiteres Mal an meinen Nippeln knabberte und sie neckte. Seine Hände schoben das Höschen meine Beine nach unten und er tauchte einen Finger zwischen meine unteren Lippen.

„Oh, Gott ja."

„Du bist so wunderschön, Lucy. Und ich werde dir zeigen, wie sehr ich dich vermisst habe... und wie sehr ich dich liebe."

Seine Worte brachten meine Klit zum Pochen, nicht zu vergessen die Art, wie er sie massierte, sanft vor und zurück, dann umkreiste er sie träge. Ich keuchte und spürte, dass sich meine Hüften nach oben wölbten, um seiner

Hand entgegen zu kommen. Er tauchte seine Finger tiefer und schob einen Finger in mich, während er nach wie vor meine Klit mit seinem Daumen liebkoste. Mit ihm in mir stand ich in Flammen, aber wollte verzweifelt mehr.

Er küsste mich innig, fing meine Zunge ein und saugte an meiner Unterlippe. Unterdessen fuhr ein Blitz tief in meine Mitte, die er mit seinen magischen Fingern stimulierte, indem er hart in sie stieß, bis ich wegen eines ersten Höhepunktes erbebte. Ich konnte spüren, wie sich meine Scheidenwände um seine Finger zusammenzogen und die Woge der Lust ließ mich mit einem Gefühl zurück, als würde ich schweben und federleicht sein. Doch er war noch nicht fertig mit mir.

Er ging zum Ende des Bettes und schob meine Beine weit auseinander. Als er einen Augenblick auf meine entblößte Mitte stierte, verspürte ich den plötzlichen Drang, mich zu bedecken.

„Wag es ja nicht", warnte er, als

wüsste er, was ich gerade dachte, und dann leckte er über seine Lippen. Ich fühlte, wie mir die Röte in die Wangen stieg. So wie er mich und meine Pussy ansah, als wollte er mich verschlingen... niemand hatte mich je zuvor so angesehen.

Cole hob meine Pobacken leicht an und platzierte ein Kissen unter ihnen. Er neigte seinen Kopf und verschwand aus meinem Blickfeld, sein heißer Atem war die einzige Möglichkeit, zu wissen, wo er war. Und dann begann er plötzlich zu schmecken und zu lecken, zu knabbern und zu liebkosen.

Er fokussierte all seine Fähigkeiten auf meine empfindliche Klit und ich schrie beinahe vor reiner Wonne auf. Aber ich konnte den Schrei einfach nicht mehr unterdrücken, als er seine Finger in meine Pussy stieß, während er unablässig mein sensitives Knöpfchen mit Aufmerksamkeit überhäufte.

„Oh mein Gott, Cole, stopp, bitte ich

weiß nicht, ob ich noch mehr ertragen kann!"

Er schaute zu mir hoch, einen lasziven Ausdruck in den Augen.

„Bist du dir sicher, dass ich aufhören soll?", hakte er nach, während er die rhythmischen Stöße beibehielt.

„Nein, ja. Oh, ich weiß nicht. Ich will dich in mir, Cole, ich brauche dich in mir!", heulte ich.

Er gehorchte mir mehr als gerne. Er riss seine Boxerbriefs nach unten und schnappte sich ein Kondom aus der Schublade neben seinem Bett. Er streifte es über und bewegte sich vorsichtig, sodass seine Schwanzspitze direkt am Eingang meiner Pussy platziert war.

Für einen flüchtigen Moment gelang es mir einen Blick auf seine angeschwollene Männlichkeit zu erhaschen, so dick und bereit. Und dann war sie fort, als er in mich drang und jegliche vernünftige Gedanken verjagte, die ich eventuell gehabt hatte.

Ich keuchte. Ich hatte mich noch nie so voll gefühlt.

Er glitt bis zum Anschlag in mich und beugte sich nach unten, um mich zärtlich zu küssen. Zur gleichen Zeit fanden und spielten seine Finger mit meinen Nippeln. Ich hob meine Beine nach oben und um seinen Rücken, sodass meine Füße sanft gegen seinen festen Po drückten, und spornte ihn dazu an, sich mit mir zu bewegen.

Unsere Blicke trafen und hielten sich und wir betrachteten einander, während sich die Spannung aufbaute.

Mit jedem Klatschen gegen meinen Rumpf, wenn er sich in mich stieß und ich mich ihm entgegendrückte, drang sein Penis immer tiefer in mich. Er schob meine Beine nach oben auf seine Schultern und ich fühlte ihn sogar noch tiefer in mir, direkt an meinem tiefsten Punkt. Die Reibung seines Beckens an meinem brachte mich wieder und wieder zum Schreien, bis ich atemlos und seiner rhythmischen Gnade ausgeliefert war.

„Ich kann mich nicht länger zurückhalten Lucy", keuchte er heiser, während seine Finger das Fleisch auf meinen Hüften kneteten.

„Ich bin fast da, fick mich härter", platzte es aus mir heraus. Er verstärkte seinen Griff um mich, erhöhte das Tempo und rammte sich in mich. Das Geräusch unseres Keuchens und unserer Haut, die aufeinander klatschte, hallte durch das Zimmer, während wir hemmungslos stöhnten.

„Cole, ja. Oh, fuck..."

Ich spürte, wie sein Penis in mir zu Pulsieren begann, und meine eigenen inneren Muskeln traten eine Reihe Zuckungen los, die mich mit dem Kopf voran in den überwältigendsten Orgasmus meines Lebens stürzten.

Lichter explodierten vor meinen Augen und ich krallte mich an seinen Rücken, hielt ihn fest, denn ich wollte, dass dieses Gefühl niemals verschwand, während sich meine Zehen krümmten und mein ganzer Körper steif wurde.

Ich lockerte meinen Griff und ließ kleine halbmondförmige Vertiefungen in seiner Haut zurück. Er zog sich behutsam aus mir zurück, dann brachen wir beide auf dem Bett zusammen. Er drehte sich, um rasch das Kondom zu entsorgen, dann kehrte er zurück, um mich an seine Brust zu drücken.

„Ich lasse dich nie wieder gehen", flüsterte er hinter mir.

Ich nickte und lehnte mich an ihn. Endlich hatte ich das Gefühl, dort zu sein, wo ich hingehörte, in den Armen des Mannes, den ich liebte, des einzigen Mannes, den ich jemals geliebt hatte.

Ich wusste, dass es nicht überdauern würde, aber ich war egoistisch genug, mir nehmen zu wollen, was ich konnte, bevor die Welt sich ein weiteres Mal in unsere Beziehung einmischte. Ich erschauderte, als ich an ein Leben ohne ihn dachte. Er zog die Decke sanft nach oben, weil er dachte, mir wäre kalt. Ich kuschelte mich sogar noch dichter an seinen Körper, zufrieden damit, schweigend dazuliegen, bis wir beide einschlummerten.

Ich wachte am Morgen auf und musste mich zwicken, um zu überprüfen, dass alles real gewesen war. Ich sah mich verschlafen in Coles ordentlicher Junggesellenbude um und griff auf die andere Seite des Bettes. Er war nicht dort, aber sie war noch warm. Er war eindeutig noch nicht lange weg. Ich faulenzte glücklich im Bett und lauschte den Geräuschen, die er beim Werkeln im Zimmer nebenan erzeugte.

Er tauchte mit einem Tablett und einem Grinsen auf, nur in seine Anzughose gekleidet. Gemäß seines Versprechens erwähnte er seine Familie nicht, küsste mich als Gutenmorgengruß, als hätte er das schon seit Jahren getan, und zog ein frischgebügeltes Hemd an.

„Gott, du siehst so heiß in meinem Bett aus", stöhnte er. „Ich will nicht gehen, aber ich muss zur Arbeit. Ich verspreche, dass ich dich später anrufe und ich will dich heute Abend sehen. Ich muss dich heute Abend wiedersehen, keine Diskussion."

Ich schob meinen Hintern das Bett hoch und zog die Decke an meine Brust, während ich ihn beim Anziehen beobachtete. Es fühlte sich gut an, gewollt zu werden, gebraucht zu werden. Und vor allem ihn wieder in meinem Leben zu haben.

„Und was, wenn ich damit beschäftigt bin, meine Haare zu waschen?", neckte ich.

„In diesem Fall", sagte er, unterbrach das Umbinden der Krawatte und marschierte zum Bett, über das er sich so tief beugte, dass ich seinen Atem an meinem Hals spüren konnte, „werde ich dich einfach einsperren müssen, oder?"

Ich erschauderte, als ein intensives Kribbeln über meine gesamte nackte

Haut tanzte. Ich würde mich freiwillig an sein Bett ketten lassen, wenn er weiterhin so mit mir redete, dachte ich.

„Nun, wie wäre es damit, dass ich dir heute Abend hier ein Abendessen koche? Dann kannst du mich so viel du willst im Blick behalten", schlug ich vor, ehe er mir den Atem raubte und mich gründlich küsste. Seine Lippen verließen meine und ich fühlte einen plötzlichen Verlust. Wenn wir doch nur für immer im Bett bleiben und die ganze Welt vergessen, alles aussperren und die Jahre nachholen könnten, die wir durch unsere Trennung verloren hatten.

„Klingt perfekt." Er tauchte seine Hand unter die Decke, um meine zu suchen, wobei er meinen nackten begierigen Körper streifte. Anschließend legte er ein kühles Metallobjekt in meine Handfläche. „Damit du hinter dir abschließen kannst und damit du hierherkommen kannst, wann immer du willst."

Ich grinste, während ich den Schlüssel fest umklammerte. Ich wusste, dass die meisten Frauen in der normalen Welt schreiend in die andere Richtung rennen würden, wenn er ihnen nach nur einer Nacht den Schlüssel zu seinem Apartment geben würde. Aber das hier war nicht irgendein Typ; das hier war Cole. Es fühlte sich an, als würden wir die verlorene Zeit wiedergutmachen. All die Jahre, die wir gemeinsam hätten haben können, dachte ich wehmütig, und es war meine Schuld. Der Ball an Schuldgefühlen, der sich in meiner Magengrube zu verstecken versuchte, sagte mir das.

„Luce, bist du okay?"

„Mir geht's gut", erwiderte ich, während ich mir selbst befahl, nicht weiter über die Vergangenheit nachzudenken. „Geh und tu etwas Gutes. Ich werde später hier auf dich warten."

„Okay. Dann sehe ich dich heute Abend.... Ich vermisse dich schon", sagte er, während er sich widerwillig aus meinen Armen löste und zur Tür lief.

Ich streckte mich genüsslich aus.

Daraufhin trank ich den Tee und aß das Toast, das er mir gebracht und dick mit Erdnussbutter bestrichen hatte, genau so wie ich es mochte. Ich sah mich um. Am Vorabend hatte ich nicht gerade Zeit gehabt, viel von meiner Umgebung wahrzunehmen. Da hatte ich viel drängendere Dinge im Kopf gehabt. Das Apartment war gemütlich und er hatte das Beste daraus gemacht. Ich fragte mich, ob Steph ihm dabei geholfen hatte, Sachen auszusuchen, doch dann schimpfte ich mit mir, weil ich meine eigenen Tabus brach. *Denk nicht an sie...*

Ich stand auf und duschte langsam. Das Wasser war warm und mein gründlich geliebter Körper war an manchen Stelle ein wenig wund, aber jedes leichte Zwicken förderte eine perfekte Erinnerung zu Tage. Ich zog mich an und trocknete meine Haare schnell mit einem Handtuch ab. Ich war gerade auf dem Weg nach Hause und schloss Coles Tür ab, als mein Handy klingelte.

„Hallo?"

„Hi, spreche ich mit Lucy Rivers?", fragte eine samtene Stimme mit einem Hauch kalifornischen Akzents höflich.

„Ja, ja die bin ich. Wie kann ich Ihnen helfen?"

Ich kannte niemanden aus Kalifornien und ich betete nur, dass es niemand war, der meine Kreditkartenschulden eintreiben wollte. Ich war ein bisschen spät dran mit meinen Zahlungen, aber dank meines plötzlichen Geldsegens stand das auf meiner to-do-Liste für die Bank heute Morgen.

„Nun, ein Freund von mir hat mir erzählt, dass Sie eine unglaubliche Innenarchitektin sind und ich habe ein ganzes Bürogebäude, das unbedingt ein wenig liebevolle Zuwendung und Pflege braucht. Wären Sie in der Lage, mir einen Kostenvoranschlag für ein paar Zimmer zu machen – vielleicht heute, wenn Sie nicht beschäftigt sind?"

„Sicher, ähm, natürlich." Mein Gehirn lief auf Hochtouren und war so beschäftigt, dass ich auf dem Gehweg vor

Coles Wohngebäude fast in einen Fußgänger lief. Die Trents hatten definitiv keine Zeit verschwendet, ihren Freunden zu erzählen, dass ich verfügbar war. Ich schickte ihnen ein kleines Dankesgebet.
„Sorry, wo sind Sie?"

„Ich leite Glitch, wir befinden uns beim Exchange. Wissen Sie, der große alte viktorianische Block?"

Oh mein Gott! Bleib ruhig und sag nichts Dummes!

„Ja! Den kenne ich! Es ist mein Traum, dieses Gebäude zu renovierten, seit ich hierhergezogen bin. Ich habe versucht, ein Meeting mit den Eigentürmern zu bekommen, seit Sie es gekauft haben!", sagte ich atemlos. Voller Reue kniff ich die Augen zu, ich war zu eifrig und wenn ich so weitermachte, würde ich sie nur verscheuchen, dachte ich. Zum Glück wurden meine Sorgen schon bald für nichtig erklärt.

„Nun mit dieser Art von Leidenschaft kann ich mir vorstellen, dass Sie gut hierher passen werden. Bringen Sie sich und Ihr Portfolio her, damit wir Ideen austauschen können. Um wie viel Uhr können Sie hier sein?"

„Ich könnte in einer Stunde bei Ihnen sein?", fragte ich zögernd. Das würde mir Zeit geben, nach Hause zu gehen und meine Sache zu holen und ich würde es immer noch dorthin schaffen, ohne mich unter Druck gesetzt zu fühlen – geradeso.

„Ich habe ein Meeting. Es wird vielleicht bis um zwölf gehen, wie wäre es, sagen wir, um zwölf Uhr dreißig?"

„Perfekt", stimmte ich zu. Sie legte auf und mir wurde bewusst, dass ich nicht einmal nach ihrem Namen gefragt hatte. Oh tja, eine kurze Internetsuche sollte das eigentlich recht schnell klären können.

Während ich dort mitten auf dem Gehweg einer geschäftigen Straße stand, wollte ich mich am liebsten im Kreis drehen und meine Freude in die Welt schreien. Ich hatte gerade meinen ersten Kunden durch eine Empfehlung gewonnen. Verdammt, das fühlte sich gut an!

Ich rannte zurück zur Wohnung, zog all meine besten Fotos hervor und fertigte schnell Kopien von allem an. Mein vollständiges Portfolio befand sich noch im College, wo es benotet wurde, aber ich hatte von allem Duplikate. Ich schnappte mir einen Ordner und begann, die Seiten einzuordnen, die meine Fortschritte zeigten und mit den Aufnahmen des Kolonialhauses der Trents endeten. Dafür, dass ich es schnell zusammengeworfen hatte, sah es okay aus.

Ich holte mein Lasermessgerät und mein Maßband, steckte sie in meine Jackentaschen und schlüpfte schnell in meinen Bewerbungsanzug. Glitch wirkte stets so, als wäre es ein ziemlich lockerer Laden, aber ich glaubte an den ersten Eindruck. Ich wollte wie eine tüchtige Geschäftsfrau wirken, wie jemand, dem sie ihr hübsches Gebäude anvertrauen konnten.

Ich war fünf Minuten zu früh dort

und wurde von der fröhlichen Rezeptionistin darüber informiert, dass Miss MacAllister noch in ihrem Meeting war. Anstatt Zeit zu verschwenden, begann ich, mich umzusehen. Ich betrachtete das Kranzprofil und Deckenmedaillon, die nackten Kamine und den billige Empfangstresen aus Sperrholz. Ich zog mein Skizzenbuch heraus und begann zu zeichnen. Ich war ganz in meine Arbeit vertieft, als ich ein Paar sauberer schwarzer Ballerinas auf mich zukommen sah.

Ich schaute hoch, und ich meine wirklich hoch, in das lächelnde Gesicht eines eins achtzig großen Marilyn Monroe Ebenbilds. Sie war einschüchternd umwerfend.

„Hallo, Lucy?"

Ich kicherte wie eine nervöse Idiotin. Diese Frau machte mich sofort nervös. Sie war klug, hinreißend und mega erfolgreich. So viel zu meinem guten ersten Eindruck! Ich legte meinen Druckbleistift ab und stand auf, um ihr die Hand zu geben. „Ja, hi, sorry, Sie müssen Callie MacAllister sein."

„Freut mich, Sie kennenzulernen. Ich habe großartige Dinge über Sie gehört und nach Ihrem Entwurf zu urteilen entsprechen sie alle der Wahrheit. Ich habe es nur auf dem Kopf gesehen, haben Sie etwas dagegen?" Sie deutete auf den Entwurf und ich reichte ihn ihr. Sie war entweder sehr höflich, dass sie die Tatsache überging, dass ich ihr gerade ins Gesicht gelacht hatte, oder sie hatte es nicht einmal bemerkt. Ich betete für Letzteres, da sie ganz hingerissen von dem Entwurf zu sein schien, an dem ich gearbeitet hatte. „Wow, Sie haben wirklich ein Gespür für dieses Gebäude. Denken Sie wirklich, dass Sie das hier für uns erschaffen könnten?"

„Klar, es wäre nicht billig, aber ich kann so ziemlich alles abliefern, wenn Geld keine Rolle spielt", witzelte ich.

Ich schalt mich selbst, sobald die Worte meinen Mund verlassen hatte. Ich vermasselte es, aber Gott sie war einschüchternd. *Reiß dich zusammen! Diese Frau könnte deine Karriere starten!*

„Nun, Geld ist kein Problem. Warum machen wir nicht eine kleine Tour? Ich erwarte nicht gleich Entwürfe, aber erzählen Sie mir einfach, was Ihnen spontan in den Sinn kommt, während wir uns umsehen. Erzählen Sie mir, was Sie sehen."

Ich mochte sie sehr. Sicher, sie war super heiß und machte mich nervös – aber sie war auch geradeheraus und eindeutig begeistert von der Vorstellung, ihren Arbeitsplatz wunderschön zu machen.

Wir bewegten uns langsam. Ich verbrachte in der Regel einige Minuten damit, einfach nur ein Gefühl für jeden Raum zu kriegen. Sie plapperte nicht oder versuchte, die Stille zu füllen. Ich fand das sehr erfrischend. Sie ließ mich einfach denken, ließ mich kreieren. Die Kombination aus ihrer friedlichen Aura und Enthusiasmus half mir, mich zu entspannen und ich wurde immer selbstbewusster.

Ich schlug verschiedene Möbelsorten vor, Mischungen aus traditionellen und modernen Sachen, um eine Fusion des alten Gebäudes mit der neuen Technologie, um die es bei der Firma ging, zu erreichen. Ich schlug Farben und Bodenbeläge vor und wo man Zimmer erweitern könnte oder wo sie zu ihrer ursprüngliche Größe umgebaut werden sollten. Das Gebäude hatte im Verlauf der Jahre viele Veränderungen gesehen, aber keine davon passte zu irgendetwas anderem. Dadurch war ein Kuddelmuddel an leeren, funktionslosen Räumen ohne richtige Identität entstanden.

Als wir ihr Büro erreichten, deutete sie auf einen großen Lederdrehstuhl und ich setzte mich.

Sie zog einen gigantischen Sitzsack neben mich. „Also, wie lange, bis Sie mir für alles Entwürfe zukommen lassen können und wie viel – grob geschätzt – denken Sie, wird das alles kosten?"

„Das ganze Gebäude?" Meine Augen mussten aus ihren Höhlen gequollen sein.

„Klar!"

„Nun, allein für den Flur würde ich vermutlich drei Tage brauchen, um Entwürfe und Kostenvoranschläge aufzusetzen, und dann ein paar Tage, falls Sie irgendwelche Änderungen vornehmen möchten, also sagen wir einen Monat für jedes Stockwerk? Um das Ganze in die Tat umzusetzen, müssen Sie mit zwei bis drei Monaten pro Stockwerk rechnen. Für meine Arbeit und die der Maler und anderer Handwerker, die ich anheuern müsste, würde ich grob ein Minimum von 50.000$ pro Monat plus was auch immer an Materialkosten anfällt schätzen. Armaturen, Möbel und Dekoration könnten alles kosten, von einem Schnäppchen zu, nun, nach oben sind keine Grenzen, je nach dem wie teuer Ihr Geschmack ist."

Sie nickte und gluckste. „Je nach Laune kann ich ziemlich extravagant sein. Also, dann lassen Sie mich das zusammenfassen. Wir reden hier von sechsstelligen Beträgen aufwärts über den Verlauf von ein oder vielleicht zwei Jahren?"

„Klingt mehr als wahrscheinlich." Ich konnte nur staunen, wie lässig sie solch große Geldsummen besprechen konnte.

„Okay. Dann lassen Sie uns mit dem Foyer beginnen."

„Jetzt gleich? Meinen Sie das ernst?" Ich schüttelte den Kopf. „Sorry, ich wollte nicht unhöflich sein, ich bin nur ganz geplättet. Das alles kam aus heiterem Himmel…"

„Das ist in Ordnung, ich verstehe das völlig. Als ich, ich meine *wir*, unseren ersten Durchbruch mit unserer Firma hatten, waren wir genauso. Aber ja, ich möchte, dass Sie sofort anfangen. Ich habe es schon viel zu lange aufgeschoben und dieses Gebäude verdient mehr als meine Dekorationsversuche", sagte sie, während sie in den Sitzsack unter sich piekte. „Wäre das ein Problem?"

„Oh, nein. Ich bin so frei wie ein Vogel", erwiderte ich beinahe vor Freude singend.

„Gut. Ich werde Ihnen jetzt einen Vorschuss von 5000$ zahlen, damit Sie die Entwürfe anfertigen, Handwerker anheuern und Materialien besorgen können. Wenn Sie mir Bescheid geben, ob Sie sich um die Bezahlung der Handwerker und Ihre eigene selbst kümmern möchten, oder ob Sie lieber möchten, dass ich das tue, dann können wir das in die Wege leiten. Machen Sie hier einen guten Job, dann gehört der Rest des Gebäudes ganz Ihnen, Lucy."

Ich strengte mich so sehr an, cool und kontrolliert zu bleiben, aber das war einfach so unfassbar aufregend. Ich liebte dieses Gebäude und wenn ich bei dem einfachsten Teil des Ganzen gute Arbeit leistete, würde ich das gesamte

Gebäude renovieren dürfen. Dollarzeichen blitzten vor meinen Augen auf und die Vorstellung, dass mein erster richtig professioneller Auftrag für so eine bekannte Firma sein und mindestens ein Jahr dauern würde, war absolut unfassbar.

„Ich werde jetzt die Maße nehmen, wenn das okay ist. Und ich werde Ihnen diese Entwürfe sofort zukommen lassen. Ich werde auch ein Meeting mit Ihnen vereinbaren müssen, damit wir über Farben, Stoffmuster und alles in Bezug auf Dekoration reden können."

„Super! Bitten Sie einfach Lesley am Empfang, etwas am Ende der Woche für uns zu arrangieren, wenn das für Sie in Ordnung ist. Ich glaube, ich habe am Freitagnachmittag einen Termin frei."

„Vielen Dank, Miss MacAllister", sagte ich aufrichtig und streckte noch mal meine Hand aus.

„Aber nicht doch und nennen Sie mich Callie", sagte sie, als wir uns die Hände gaben. „Ich werde Sie die Maße nehmen lassen und mich wieder meiner Arbeit widmen. Ich bin mir sicher, dass es irgendwelche Probleme gibt, derer ich mich annehmen muss."

Nachdem ich mir in dem Gang meine Zeit gelassen, die Maße genommen und mit der Rezeptionistin einen Termin vereinbart hatte, fühlte ich mich immer noch so, als wäre ich in einem Wirbelsturm gefangen, als ich schließlich aus dem Gebäude lief. Ich sah ungläubig zurück zu den fünf Stockwerken, die schon bald mein Geltungsbereich sein würden und hüpfte tatsächlich die Straße entlang zur Bushaltestelle.

11

COLE

„Vielen, vielen Dank Callie, Lucy war außer sich vor Freude, als sie mich angerufen hat, um mir die Neuigkeiten zu erzählen", sagte ich mit einem breiten Grinsen im Gesicht. Endlich fühlte es sich so an, als hätte ich etwas richtig gemacht und als würden sich die Dinge nach meiner und Lucys Vorstellung entwickeln.

„Hey, ich denke, du hast mir da eventuell ein richtiges Juwel geschickt, Kent. Kein Dank nötig. Hat sie dir erzählt, dass sie innerhalb von fünfzehn Minuten das Foyer komplett neu designt und freihändig einen Entwurf angefertigt hat, was sie daraus machen wollte und der absolut atemberaubend war? Sie ist ein wahres Genie. Ich habe das Gefühl, dass ich ein Schnäppchen mache, wenn ich sie jetzt anheure. Das Mädel wird es weit bringen. Hast du ihr Portfolio gesehen? Wahnsinnig beschreibt es nicht einmal annähernd! Das Gebäude wird fantastisch aussehen."

„Tja, Danke, dass du dich überhaupt mit ihr getroffen hast. Das ist genau das, was sie schon immer tun wollte, und sie über dein Gebäude reden zu hören, nun, es ist ansteckend! Jedenfalls rufe ich auch an, um dir Bescheid zu geben, dass ich nicht wie sonst zu den Drinks am Donnerstag kommen kann. Aber ich bin mir sicher, dass du und Jake die Zeit auch ohne mich rumkriegen werdet."

„Da hast du recht", erwiderte sie mit einem Schnauben, fügte jedoch schnell hinzu, „aber wir werden dich vermissen."

„Ich muss für Moms Geburtstagsparty nach Hause fahren. Weiß nicht, wie ich das mit Luce regeln werde, aber ich hoffe, dass sie so beschäftigt mit dem Kostenvoranschlag für dich sein wird, dass sie kaum bemerken wird, dass ich fort bin. Denk dran, ich habe sie dir gegenüber nicht erwähnt – ihre Kunden die Trents waren das. Ich brauche das Drama, das entstehen würde, wenn sie denkt, dass ich die Finger im Spiel hatte, jetzt nicht."

„Meine Lippen sind versiegelt, Schätzchen, aber du weißt, dass ich euch beide für verrückt halte. Ihr habt einfach eine zu große gemeinsame Vergangenheit, als dass ihr versuchen könnt, in einer Blase zu leben. Sei vorsichtig Cole."

Das Grinsen, das nur Augenblicke zuvor noch in meinem Gesicht gewesen war, begann zu verblassen und zu ersterben. „Ich weiß, ich weiß. Das werde ich sein, aber das ist es wert, Callie. Sie ist es absolut wert, selbst wenn es nur ein paar Wochen hält."

Fuck, Wochen? Ich wollte, dass es Jahre hielt...

Ich legte auf und stürzte mich wieder in meine Arbeit. Ich wusste, dass meine Freunde bezüglich meiner Beziehung mit Lucy nur wachsam waren, weil sie mich liebten und nicht wollten, dass ich verletzt wurde. Doch ich wollte, dass sie sich für mich genauso freuen, wie ich mich für sie freute. Ich stöhnte. Warum musste alles so kompliziert sein? Und ich hatte jetzt keine Zeit, um über irgendetwas davon nachzudenken. Ich musste einen ganzen Berg Papierkram abarbeiten, damit ich den Donnerstagnachmittag freinehmen konnte, um auf jeden Fall rechtzeitig in Newton zu sein.

Ich versuchte immer noch, zu entscheiden, ob ich Mom und Tom erzählen sollte, dass ich Lucy gefunden hatte, oder nicht. Allerdings wusste ich, dass sie sofort hierherkommen wollen würden und meine perfekte Blase würde von neuem zerplatzen. Ich würde es mir noch einmal durch den Kopf gehen lassen und mit der Entscheidung warten, bis ich dort unten war. Tom hatte immerhin ein Recht darauf, zu wissen, dass es ihr gut ging.

MEIN TAG WAR SO VERRÜCKT wie üblich, aber ich hatte mich noch nie mehr gefreut, nach Hause zu gehen. Lucy würde auf mich warten und wir könnten die Nacht gemeinsam verbringen, gemeinsam ihren neuen Auftrag feiern und es einfach genießen, dass wir endlich zusammen waren.

Sie hatte gesagt, sie würde für mich kochen, und ich hatte versprochen, eine Flasche Wein mit nach Hause zu bringen. Es fühlte sich an, als wären wir bereits ein altes Ehepaar und ich grinste bei dem Gedanken – ich konnte mir nichts Perfekteres vorstellen, nachdem ich so lange darauf gewartet hatte, sie zu haben und vor allen Dingen, sie wiederzusehen. Ich hatte ihr einen Schlüssel gegeben, damit sie hinter sich hatte abschließen können, als sie heute Morgen meine Wohnung verlassen hatte, und ich hatte ihr gesagt, sie solle ihn behalten. Ich mochte den Gedanken, dass sie kommen und gehen konnte, wie es ihr beliebte, als wären wir ein ganz normales Pärchen ohne irgendeinen Ballast aus der Vergangenheit, der uns bedrohlich im Nacken saß.

Ich dachte zurück an den Morgen. Sie hatte so niedlich ausgesehen, ganz in die Decken gekuschelt, ihre Haarmähne völlig zerzaust und wie ein Heiligenschein um ihr liebliches Gesicht. Ich hatte sie nicht aufwecken wollen, aber ich hatte auch nicht einfach aus dem Haus rennen und sie in dem Glauben lassen wollen, dass ich nur ein weiteres Arschloch war, das sie schlecht behandeln würde. Ich hatte ihr Frühstück gemacht, um die Unannehmlichkeit, geweckt zu werden, zu verringern, und sie war unter den Decken hervorgekommen, als ich es ihr gebracht hatte. Sie hatte wirklich glücklich gewirkt. Es war so perfekt gewesen, sie zum Abschied küssen zu dürfen und ihr zu sagen, dass ich sie später sehen würde. Es war ein Traum, von dem ich mir wünschte, dass er für immer andauern würde.

Ich hatte eine Flasche kalifornischen Rosé gekauft, den Callie empfohlen hatte. Ich war kein großer Weintrinker, aber wenn Lucy sich schon die Mühe machte, ein schickes Essen zu kochen, sollten wir wenigstens einen guten Tropfen haben. Ich hatte auch eine Schachtel belgische Meeresfrüchte Pralinen gekauft. Lucy hatte sie geliebt, als wir noch Kinder gewesen waren, und hatte Blumen gehasst. Ich hoffte, dass sich ihr Geschmack nicht allzu sehr verändert hatte, während ich die Treppe nach oben rannte und die Tür öffnete.

„Schatz, ich bin zu Hause", rief ich aus voller Kehle. Und obwohl ich wusste, dass wir uns noch in der wahnsinnig frühen Phase unserer neuen Beziehung befanden, waren die Worte für mich wahr. Zu Lucy nach Hause zu kommen würde für immer das Highlight meines Tages sein. „Heiliges Kanonenrohr! Bin ich im richtigen Apartment?", fragte ich schockiert, während ich mich umsah.

Mein Apartment war vollständig verändert worden. Lucy hatte ihren Zauber gewirkt; es war mit winzigen flackernden Kerzen gefüllt und ein kleiner Tisch und Stühle waren aufgebaut worden. Das Bild wurde von einer blütenweißen Tischdecke, einigen unglaublich teuer aussehenden Weingläsern und einem Set schweren Bestecks, das gewiss nicht aus meinen Schränken gekommen war, vervollständigt.

„Natürlich bist du das, Dummerchen", sagte Lucy kichernd aus der Küche. Sie tauchte mit gefalteten Servietten auf, gekleidet in ein zartes Sommerkleid, das sie verträumt und jung aussehen ließ. „Ich hab so ziemlich alles heute Nachmittag in einem Secondhand-Laden gefunden, als ich von Glitch hergelaufen bin. Sind sie nicht fantastisch? Ich hab sie gesehen und dachte einfach, dass das alles perfekt hierher passen würde."

„Du hast das alles für mich gekauft?" Ich war ehrlich gerührt. Das waren solch reizende Gegenstände und sie passten wirklich perfekt ins Apartment.

„Der Tisch und Stühle und alles!"

„Du bist fantastisch... komm her", sagte ich und griff nach ihr.

„Wie war dein Tag?"

„Die Hölle, lass uns nicht darüber reden."

Sie schlenderte zu mir und ich nahm sie in meine Arme. Der Ruck reinen Verlangens, den ich jedes Mal verspürte, wann immer ich in ihrer Nähe war, fuhr durch meinen Körper und ich fragte mich, ob er jemals verschwinden würde. Ich hoffte nicht. Sie stellte sich auf die Zehenspitzen und küsste mich liebevoll.

„Willkommen zu Hause, Cole."

Ich erwiderte den Kuss und hätte nur allzu gerne das Abendessen und den

Wein vergessen und sie einfach sofort ins Bett getragen. Doch die Stoppuhr des Ofens unterbrach uns und sie löste sich aus meiner Umarmung und ging schnellen Schrittes zu dem kleinen Küchenbereich, wo sie Ofenhandschuhe überstreifte und sich provokativ bückte, um ihr Werk aus dem Ofen zu holen.

Mein Schwanz reagierte auf genau die Art, die sie, denke ich, beabsichtigt hatte, und erwachte beim Anblick ihres knackigen Hinterns, der mir von der anderen Seite des Raumes entgegenwackelte, zum Leben. Sie brachte die Backform zum Tisch, wodurch ein perfektes Beef Wellington sichtbar wurde, mein absolutes Lieblingsessen. Als wir Kinder waren, war das das Abendessen, das meine Mom immer an Geburtstagen zur Feier des Tages gekocht hatte.

„Ich habe schon gesagt, dass du fantastisch bist, oder?", sagte ich, während meine Augen über das Mahl vor uns glitten.

Ich öffnete den Wein und präsentierte ihn ihr mit der Schokolade. Sie grinste. „Dann wollten wir also beide beweisen, wie viel wir noch über den anderen wissen!"

„Sieht so aus. Die Frage ist doch, ob wir beide noch immer richtigliegen? Das ist immer noch mein Lieblingsessen und wenn du Brownies zum Dessert gemacht hast, dann bin ich Wachs in deinen Händen!"

„Jepp, das ist immer noch meine Lieblingsschokolade und du hast den Tee und Toast heute Morgen genau richtig hingekriegt. Vielleicht hat sich doch keiner von uns so stark verändert."

Ich küsste sie, so froh, dass ich endlich die Gelegenheit hatte, das zu tun, wann immer mir danach war. Das Essen war köstlich und wir hatten beide Spaß dabei, uns an einige der wundervollen Momente zu erinnern, die wir als Kinder erlebt hatten. Wir achteten beide darauf, nichts zu erwähnen, dass irgendjemand anderen involvierte, aber es war gut zu wissen, dass wir mehr als genug

Erinnerungen hatten, um das tun zu können.

Sie schwärmte von ihrer neuen Chefin und ich musste mir auf die Zunge beißen, nicht damit herauszuplatzen, dass ich absolut einer Meinung mit ihr war. Callie war wirklich jemand sehr besonderes. Aber ich beschloss erst mal noch nichts zu sagen und erzählte ihr stattdessen von allem, was ich in meiner letzten Woche im Büro der Staatsanwaltschaft tat. In nur zehn Tagen würde ich wieder in meinen üblichen Universitätstrott verfallen und ich freute mich nicht gerade darauf. Zu viele Alumni sprachen davon, wie anstrengend das letzte Jahr war und ich wusste, dass ich sogar noch härter als zuvor würde arbeiten müssen.

„Fährst du am Donnerstag nach Hause?", fragte Lucy plötzlich aus heiterem Himmel.

Mein Mund klappte auf und ich hatte Probleme, mir irgendetwas einfallen zu lassen, das ich sagen könnte.

„Ich habe nicht vergessen, wann eure

Geburtstage sind, Cole. Kein Grund so überrascht auszusehen."

„Ich war nicht... okay, ich habe nicht damit gerechnet, dass du einfach so damit rausplatzt. Ich dachte, wir würden nicht über sie reden."

„Ich denke, wir wissen beide, wie unrealistisch das ist. Ich will nicht, dass du das Gefühl hast, du müsstest bestimmte Themen entweder vermeiden oder noch schlimmer mich anlügen, nur damit du mir nicht erzählst, dass du wegen etwas nach Hause fährst."

Ich beugte mich über den Tisch, nahm ihr Kinn in meine Hand und zog sie sachte für einen Kuss zu mir.

„Danke", sagte ich voller Gefühl.

Es bedeutete mir sehr viel, dass sie an meine Bedürfnisse dachte, aber sogar noch mehr, dass meine liebevolle Lucy noch immer da war, selbst wenn sie noch zu wütend war, um sich mit allem auseinanderzusetzen. Das gab mir wenigstens Hoffnung für die Zukunft. Ich konnte einfach nicht anders, als mir zu wünschen, dass meine Familie eines Tages wieder vereint wäre. Ich würde sie nicht dazu drängen, aber Lucy schien ganz allein auf dem Weg in diese Richtung zu sein.

Lucy griff nach meiner Hand und verwob ihre Finger mit meinen.

„Ich will nichts davon noch schwerer für uns machen, als es unbedingt sein muss, Cole. Wir brauchen unsere zweite Chance. Ich weiß, wir haben etwas Besonderes und ich verspreche, ich werde dir niemals böse dafür sein, dass du Zeit mit ihnen verbringst. Du liebst sie und du brauchst sie."

Sie sah unfassbar traurig aus, als sie das sagte, und ich rutschte an ihre Seite. Ich nahm sie in meine Arme und hielt sie fest. Sie liebte und brauchte sie auch, dachte ich. Ich hoffte um ihretwillen, dass sie das bald realisieren würde.

———

DIE PARTY WAR SUPER und Mom hatte eine Menge Spaß. Ich hatte beschlossen, ihnen erst kurz, bevor ich wieder zurück nach Providence fuhr, zu erzählen, dass ich Lucy gefunden hatte. Ich freute mich nicht darauf, wenn das Bleigewicht in meinem Magen irgendein Hinweis war, aber fand, dass es nur fair war, dass sie erfuhren, dass ich sie gefunden hatte. Tom sah immer noch so gequält aus und ich wusste, dass es ihm helfen würde, seine Sorgen zumindest ein wenig zu beruhigen.

„Cole, liest du mir heute Abend meine Geschichte vor?", fragte Morgan lieb, die in ihrem Strampelschlafanzug die Treppe runterkam, den Daumen in ihrem Mund. Sie tat das nur, wenn sie wirklich müde war. Mom bemühte sich so sehr, ihr das abzugewöhnen, aber ich fand das irgendwie niedlich.

„Klar Kiddo, sollen wir *Der Kater mit Hut* oder *Cinderella* lesen?"

Ich hob sie in meine Arme und lief mit ihr die Treppe hoch zu ihrem Zimmer, froh um die Gelegenheit, meine große Enthüllung noch ein wenig aufschieben zu können. Mom hatte überall Gemälde von Burgen, Wolken, Regenbögen und Einhörnern an die Wände gemalt. Es war der Traum jedes kleinen Mädchens.

„Cinderella bitte", antwortete sie, während sie sich an ihre Kissen schmiegte. Ich nahm das Buch aus dem Regal und kuschelte mich neben sie. Ich begann, zu lesen. „Du musst die Stimme verändern, Cole!", rief sie, als ich vergaß, die albernen Stimmen zu sprechen, die ich normalerweise für die böse Stiefmutter und hässlichen Schwestern benutzte.

Ich tat wie geheißen und als ich die Geschichte zu Ende gelesen hatte, schlief sie bereits tief und fest. Ich steckte die Decke um sie herum fest, küsste sie auf die Stirn, schaltete das Licht aus und verließ das Zimmer. Die Geschichte hatte bei mir die Frage aufgeworfen, wie es Morgan wohl auffassen würde, eine Schwester zu haben. Würde sie Lucy vielleicht als Eindringling ansehen, der versuchte, ihr all unsere Liebe wegzunehmen? Ich hoffte nicht. Ich hoffte wirklich, dass sie sich eines Tages kennenlernen und vielleicht sogar Freundinnen werden würden.

Ich ging wieder nach unten ins Esszimmer, wo Mom und Tom gemeinsam ein letztes Glas Wein genossen. Ich holte tief Luft in dem Bemühen, so viel Mut zu sammeln, wie ich für das Gespräch brauchen würde, das ich gleich führen würde.

„Hey, Leute, ich habe einige Neuigkeiten. Es tut mir leid, dass ich nicht schon früher etwas gesagt habe, aber ich wollte nichts überstürzen oder... ich weiß nicht."

„Sohn, du kannst uns immer alles erzählen", sagte Tom freundlich.

„Was auch immer die Gründe waren, dass du es uns nicht erzählt hast, es werden gute gewesen sein. Wir müssen sie nicht kennen, wenn du es nicht erklären kannst", fügte Mom hinzu.

„Ich habe Lucy gefunden", platzte ich heraus.

Sofort herrschte Schweigen bis auf das ferne Ticken der Uhr im Flur. Beide sahen völlig verblüfft aus.

„Sie war die ganze Zeit in Providence", fuhr ich in der Hoffnung fort, dass sie eher früher als später etwas sagen würden!

„Mein Gott, vermutlich der einzige Ort, an dem wir nie gesucht haben!", rief Tom. „Wie geht es ihr? Wann kann ich sie sehen? Was macht sie? Ist sie okay?", verlangte er zu wissen.

„Langsam, Tom, eine Frage nach der anderen. Ihr geht's gut. Sie ist auf die Rhode Island School of Design gegangen, hat deren Bachelor-Programm abgeschlossen und gerade ihren Master in Innenarchitektur gemacht. Sie ist ein bisschen zu dünn und ich glaube, es war ab und zu ziemlich schwer für sie, über die Runden zu kommen, aber sie ist okay. Sie ist frech und verrückt und absolut noch immer unsere Lucy."

Tom sackte auf seinem Stuhl zusammen, während ihm Tränen übers Gesicht strömten. „Meinem Baby geht es gut. Gott sei Dank, geht es ihr gut", murmelte er immer und immer wieder.

Ich wollte ihm keine falschen Hoffnungen machen, weshalb ich weitersprach: „Sie hat niemandem vergeben, fürchte ich. Sie ist immer noch stinksauer wegen allem, aber mir ist es gelungen, sie dazu zu bringen, mit mir zu sprechen und sogar Zeit mit mir zu verbringen. Ihr wisst beide, dass ich sie liebe, das ist für keinen etwas Neues – und ich bin mir ziemlich sicher, dass sie mich auch liebt, aber das alles fußt darauf, dass wir nicht über die Vergangenheit sprechen."

„Oh Schatz, das muss so schwer für euch beide sein", meinte Mom, während sie ihre Arme um Tom legte und ihn in seinem Schock tröstete.

„Das ist es, aber ich glaube nicht,

dass sie so weit davon entfernt ist, uns alle wieder in ihr Herz zu lassen. Es gab kleine Hinweise, ich weiß nicht, aber vielleicht wird sie mit der Zeit sogar nach Hause kommen, um euch alle zu besuchen. Ich weiß, dass dir das wirklich schwerfallen wird, Tom, aber ich denke, wir müssen ihr den Raum geben, den sie braucht, um das von sich aus zu tun."

Tom nickte, eindeutig todunglücklich, dass ihn seine geliebte Tochter noch immer nicht in ihrem Leben haben wollte, aber er war ein geduldiger Mann. Er würde warten. Er würde darauf vertrauen, dass sie und ich es untereinander klärten. Ich klopfte ihm sachte auf die Schulter, weil ich ihm mitteilen wollte, dass ich verstehen konnte, dass es unglaublich schwer sein musste, zu wissen, dass ich sie gesehen hatte, mich immer noch mit ihr traf und er das nicht tun konnte.

„Ich denke, ich habe da vielleicht etwas, das helfen könnte, wenn du wirklich denkst, dass sie sich dem Gedanken annähert, uns zu vergeben", sagte Mom leise. „Ich habe vor ein paar Wochen einige von Joannas Sachen aus ihrem alten Büro auf dem Dachboden ausgemistet. Dabei fand ich einen Brief. Er war an Lucy adressiert. Darin erzählt sie, was sie Tom und ich mich zu tun gebeten hat. Ich weiß nicht, ob sie es sich am Ende anders überlegt und ihn ihr deswegen nicht gegeben hat, oder ob sie wollte, dass ich ihn finde und ihn Lucy gebe... aber wenn du denkst, das könnte helfen, werde ich ihn dir geben. Er gehört Lucy. Sie sollte ihn haben."

Sie ging zum Sideboard und zog einen verblassten, zerknitterten Umschlag aus einer der Schubladen.

„Ich werde ihn ihr geben Mom. Das könnte vielleicht genau das sein, was sie hören muss."

Mom drückte mich kurz, ehe sie zurück an Toms Seite trat. Er schien in eine Art Schockzustand verfallen zu sein und murmelte immer noch das Gleiche vor sich hin.

„Ich werde ihn ins Bett bringen. Es war ein langer Tag, aber Danke, dass du es uns erzählt hast. Es ist wundervoll, zu wissen, dass sie in Sicherheit ist." Tom nickte zustimmend zu den Worten meiner Mom.

———

Früh am nächsten Morgen fuhr ich zurück und ging direkt ins Büro. Ich konnte das Gewicht des Umschlags in meiner Tasche fühlen, schwer mit Versprechungen, und fragte mich, wann ich ihn Lucy geben sollte. Das könnte der Schlüssel sein, um uns alle wieder zusammenzubringen und alles wieder relativ normal zu machen. Aber ich wusste, dass es kein einfacher Moment sein würde, ihn ihr zu übergeben, und ich hoffte, dass ich nicht alles noch verschlimmern würde.

Ich war noch keine zehn Minuten im Büro, als mein Handy klingelte. „Cole, hier ist Mom."

„Hey Mom, was gibt's? Du klingst schrecklich."

"Tom hatte einen Herzinfarkt, kurz nachdem du weggefahren bist. Wir sind im Krankenhaus", sagte sie, ihre Stimme voller Emotionen.

„Geht's ihm gut? Gibt es irgendetwas, das ich tun kann?"

„Die Ärzte führen im Moment Tests durch. Also werden wir erst später erfahren, wie schlimm es war. Ich weiß, du musst arbeiten und du willst das Wochenende in der Stadt verbringen, aber ich brauche dich wirklich so bald du kannst zu Hause, damit du dich um Morgan kümmerst. Ich muss hier bei Tom sein und Ellie von nebenan kann nur heute für mich auf sie aufpassen. Sie fahren morgen in Urlaub."

Ich rieb mir über die Stirn. „Scheiße, du denkst doch nicht, dass es wegen dem passiert ist, was ich erzählt habe? Dass ich Lucy gefunden habe?"

„Oh Schatz, nein. Ich denke, es wäre ohnehin irgendwann geschehen. Er war so nervös und angespannt, seit sie ihr zu Hause verlassen hat. Ich weiß, dass die Nachricht, dass es ihr gut geht, für ihn das Beste war, was ihm seit Jahren passiert ist. Es ist einfach eine dieser Sachen. Ich weiß nicht, ob du es Lucy erzählen willst, aber ich denke, sie verdient es, Bescheid zu wissen."

„Du hast recht. Ich weiß nicht, wie um Himmels willen ich ihr das erzählen soll, aber ich werde eine Möglichkeit finden. Ich werde Morgan hierherholen müssen. Ich habe einige letzte Meetings und Dinge, die ich nicht einfach absagen kann. Aber ich weiß, dass Callie sich wirklich gerne um Morgan kümmern wird, während ich beschäftigt bin. Sie vergöttert sie."

„Danke Schatz. Dann sehen wir uns heute Abend."

„Pass auf dich auf Mom und sag Tom, dass ich Hallo gesagt habe und dass er schnell wieder gesund werden soll. Wir brauchen ihn alle."

Ich stieß einen massiven Seufzer aus,

als ich auflegte. Fuck! Ich kam nicht umhin, Schuldgefühle zu empfinden, dass meine Neuigkeiten irgendwie seinen Herzinfarkt verursacht hatten, auch wenn ich wusste, dass das unmöglich war. Meine Nachrichten waren, wie Mom gesagt hatte, vermutlich alles gewesen, das er hatte hören wollen. Aber wie in aller Welt konnte ich seiner entfremdeten Tochter erzählen, was passiert war? Und wie zum Henker sollte ich alles, das mit Mom und Tom zu tun hatte, aus unserer Beziehung raushalten, wenn unsere Halbschwester für unbekannte Dauer in meinem Apartment wohnen würde?

Unser Blase platzte schließlich schon nach nur wenigen gemeinsamen Tagen. Es war, als würde uns die Welt ein Zeichen schicken. Ich wollte aus voller Kehle schreien, weil sie uns einen Stein nach dem anderen in den Weg legte. Aber ich war entschlossen, sie festzuhalten, komme was da wolle.

Ich rief schnell Callie an, um nachzufragen, ob sie damit einverstanden wäre, Morgan für mich im Auge zu behalten, während ich die Dinge erledigte, von denen ich wusste, dass ich sie nicht verschieben würde können.

„Ich helfe dir sehr gerne aus, Süßer, aber Lucy wird übers Wochenende sehr oft hier sein. Sie nimmt Maße und zeichnet Entwürfe. Die Chance, dass sie sich begegnen, ist relativ hoch – ob du das nun willst oder nicht."

„Callie, das ist ein Risiko, das ich eingehen muss. Ich muss mich um Morgan kümmern und ich muss zu diesen Meetings gehen. Ich weiß nicht einmal, ob Lucy überhaupt noch mal mit mir reden wird, wenn ich ihr von alldem erzählt habe, also kann ich jetzt gerade nicht darüber nachdenken."

„Viel Glück, Süßer, bring Morgan einfach zu mir, wann immer du Hilfe brauchst."

„Du bist ein Engel. Danke und es tut mir leid, wenn dich irgendetwas davon in eine unangenehme Situation bringt.

Ich habe das Gefühl, dass mir bald alles um die Ohren fliegen und meine wundervolle Blase mit einem großen Knall platzen wird."

„Richte Tom liebe Grüße von uns aus. Ich werde deiner Mom eine Karte und Blumen schicken."

Mein Tag im Büro zog sich wie Kaugummi dahin, da ich mir immer größere Sorgen darum machte, dass ich es Lucy erzählen und zurück nach Newton fahren musste, um Morgan rechtzeitig bei Ellie abzuholen. Ich hatte keine Zeit, mich mit dem auseinanderzusetzen, was garantiert eine heftige Explosion werden würde. Auf meinem Weg nach Hause fuhr ich direkt zu Lucys Apartment, entschlossen, so schnell ich konnte wieder auf die Straße zu kommen.

„Hi, du musst Cole sein?", begrüßte mich eine fröhliche junge Frau an der Tür.

„Du musst Alison sein", antwortete ich höflich. „Ich muss Lucy wirklich dringend sehen. Ist sie da?"

„Mach mal halblang, du hast sie erst gestern gesehen. Das nennt man wohl Liebe", begann sie, dann unterbrach sie sich abrupt und musterte mein Gesicht eindringlich. „Scheiße, etwas Schreckliches ist passiert, oder? Gott, es tut mir so leid, ich und meine großen Füße." Ich sah hinab auf ihre winzigen Schuhe und brachte, seit dem Anruf meiner Mom, das erste Lächeln zustande. „Ich hole sie schnell. Soll ich hierbleiben?"

„Sie wird dich vielleicht brauchen und ich muss gleich wieder los. Also ja, bleib hier." Ich war froh, dass sie so eine gute Freundin hatte, jemanden, der ihr mit ihrer Reaktion, welche auch immer sie auf diese Nachricht haben würde, helfen würde.

„Hey Cole", sagte Lucy, als sie das Zimmer betrat und auf mich zulief. Ihr Gesicht leuchtete vor Freude. Ich küsste sie leidenschaftlich, doch dann schob ich sie sanft zur Couch. „Was gibt's?"

„Lucy, ich hasse es, dir das sagen zu müssen, aber es geht um deinen Dad.

Tom ist..." Sie ließ mich nicht zu Ende reden. Ihre Gedanken sprangen sofort zur schlimmsten Schlussfolgerung. Ihr Gesicht nahm eine tödlich weiße Farbe an.

„Nein, Cole, sag es nicht. Bitte sag nicht, dass er tot ist. Er kann nicht tot sein!" Tränen strömten über ihr Gesicht. Ich hatte die ganze Zeit gewusst, dass sie uns alle noch liebte, dass die Wut sie nicht schützen würde, wenn sie etwas Schreckliches herausfand. Ich wiegte sie in meinen Armen.

„Nein, er ist nicht tot. Er hatte einen Herzinfarkt. Ich weiß noch nicht, wie schlimm es ist. Ich warte darauf, dass mich meine Mom anruft und auf den neuesten Stand bringt. Ich verspreche, ich werde dir Bescheid geben, sobald es irgendwelche Neuigkeiten gibt. Aber ich muss nach Hause fahren. Ich werde dich nicht dazu drängen, mit mir zu kommen, aber du verdienst es, Bescheid zu wissen."

Sie schluchzte in meinen Armen und

ich hielt sie fest. Sie blickte mit einem Ausdruck jämmerlicher Furcht im Gesicht zu mir hoch.

„Ich muss mich für Mom um Morgan kümmern. Sie wird dieses Wochenende bei mir wohnen. Ich weiß, dass du sie nicht kennenlernen willst. Also werde ich sie von dir fernhalten, aber wenn du mich brauchst, ich werde morgen wieder in der Stadt sein. Ich habe ein paar Termine, die ich nicht verschieben kann. Eine Freundin wird sich um sie kümmern, während ich tue, was ich tun muss."

Lucy nahm einen reinigenden Atemzug und nickte, während sie die Tränen wegwischte, die nach wie vor über ihr sommersprossiges Gesicht rannen. „Ich weiß, ich sollte sagen, dass nichts mehr eine Rolle spielt, dass das alles verändert, Cole – aber das tut es nicht. Natürlich will ich nicht, dass irgendjemand stirbt, und ich liebe sie beide, aber ich bin einfach noch nicht bereit. Ich kann es nicht tun."

„Das ist okay, Luce. Ich verstehe es. Wir verstehen es alle."

Ich küsste sie auf die Stirn und Alison reichte ihr eine Schachtel Kleenex. Sie schnäuzte sich laut die Nase und hickste.

„Ich muss los, aber da ist noch etwas anderes." Ich zog den Umschlag aus meiner Anzugtasche und reichte ihn ihr. „Mom hat den vor ein paar Wochen gefunden. Vielleicht hat er ein paar Antworten für dich."

Sie nahm ihn und starrte einfach nur auf die Handschrift ihrer Mom auf dem Umschlag. Ich erhob mich und ging zur Tür. Alison folgte mir.

„Ich werde mich um sie kümmern, halt uns auf dem Laufenden, okay? Gott sei Dank, ist die Show vorbei und ich bin das ganze Wochenende hier!"

„Kümmre dich um sie. Ich liebe sie so sehr."

„Das werde ich und ich werde dafür sorgen, dass sie das weiß."

12

LUCY

Ich starrte auf den zerknitterten Brief, wagte es kaum, ihn zu öffnen und herauszufinden, was in aller Welt sich darin befand.

Es war schwer zu glauben, dass ich noch vor wenigen Wochen meine Vergangenheit geleugnet und keine Gedanken – oder zumindest nur sehr wenige – an meine Familie verschwendet und einfach mein Leben gelebt hatte. Die Dinge waren genau nach Plan verlaufen. Jetzt war ich hier und in meinen Kindheitsschwarm verliebt – diese Tatsache ließ sich nicht leugnen – mein

Dad war im Krankenhaus und ich hielt einen Brief von meiner toten Mom in meinen Händen. Ich wusste nicht, was ich mit mir anfangen sollte, was ich denken sollte, wie ich handeln sollte. Ein Teil von mir wollte Cole hinterherrennen, in das Auto steigen und direkt an die Seite meines Dads eilen. Der Rest von mir wollte den Kopf wieder in den Sand stecken und so tun, als hätte ich nichts von alldem gehört.

„Hier, trink das", sagte Ali, als sie mir eine Tasse dampfender, heißer Schokolade in die Hand drückte. Ich trank einen Schluck und verschluckte mich an dem großen Schuss Brandy, den sie hineingegossen hatte. „Du musst nicht sofort alles klären", erinnerte sie mich. „Das ist alles zu wichtig, also packe das Ganze portionsweise an."

„Ich kann im Moment über nichts davon nachdenken, Ali. Das ist einfach alles zu viel, um auch nur zu versuchen, es zu verstehen. Ich denke, ich muss einfach arbeiten. Ich werde Skizzen anfertigen und ein paar Moodboards für Glitch erstellen. Callie hat sehr viel von dem, was ich heute vorgeschlagen habe, gefallen, also muss ich es tun, solange ich es noch frisch im Gedächtnis habe. Das wird mir helfen, mir wegen alldem nicht den Kopf zu zerbrechen. Ich kann nicht... ich kann einfach über nichts davon nachdenken."

Sie nickte und rieb mir über den Rücken.

„Vermutlich eine gute Idee. Möchtest du, dass ich ans Telefon gehe, wenn Cole anruft?"

Ich nickte und reichte ihr mein Handy.

„Ich muss mich nur eine Weile in etwas verlieren. Ich werde mich dem Ganzen stellen, nur nicht jetzt."

Ich legte den Umschlag beiseite und ging zu meinem Zeichentisch. Ich begann zu arbeiten und schon bald halfen mir die simplen Aufgaben des Schneidens und Klebens, des Zeichnens und Malens dabei, eine gewisse Ruhe zurück zu gewinnen. Ich bemerkte kaum, dass Alison den Fernseher angeschaltet hatte, um sich einen Film anzusehen. Die Arbeit war methodisch und das half mir, Klarheit in das Chaos in meinem Kopf zu bringen.

Ich liebte meinen Dad. Ich liebte Steph. Ich liebte Cole. Ich liebte meine Mom. Aber ich war immer noch so wütend auf sie alle. Selbst, dass mein Dad fast starb, reichte nicht, dass ich ihm bedingungslos vergab. Gott, warum konnte ich es nicht einfach sein lassen? Warum war ich so wütend und auf wen war ich wirklich wütend? Ich wusste es einfach nicht mehr.

Ich legte meine Werkzeuge ab und ging zum Sofa. Ich tigerte um den Wohnzimmertisch, bevor ich schließlich den Brief in die Hand nahm.

Würde Mom die Antworten haben, wie es früher immer der Fall gewesen war? *Scheiß drauf*, dachte ich, *dieser Tag kann eh nicht mehr schlimmer werden, oder?* Ich öffnete den Umschlag und zog einen Stapel ihres geblümten Lieblingsbriefpapiers heraus. Ich lächelte bei der Erinnerung daran, wie sie es in der Papeterie ausgesucht hatte.

Ihre Worte waren schlicht und ihre hübsche Handschrift führte mich durch den Brief, während bei jedem Wort Tränen auf die Seite tropften. Alles, was mir alle erzählt hatten, entsprach der Wahrheit. Ich war eine sture Idiotin gewesen.

Sie hatte wirklich gewollt, dass Dad und Steph heirateten und sich ein gemeinsames Leben aufbauten. Sie hatte es gehasst, dass sie mich hatte verlassen müssen, dass sie mich nicht aufwachsen und heiraten sehen würde. Sie wusste, wie schwer es für mich sein würde, zu lernen, ohne sie klarzukommen. Und natürlich wollte sie, dass ich glücklich wurde.

Ich denke, das Überraschendste war, dass meine Mom gewusst hatte, wie ich für Cole empfand, noch bevor ich es gewusst hatte. Ihre letzten Sätze brachten mich trotz meiner Traurigkeit zum Lächeln.

„Mein liebes Mädchen", stand da, „du musst lernen, deinem sturem Herzen zu vertrauen. Wenn ihr einander liebt, und selbst wenn er letzten Endes wirklich dein Stiefbruder wird, dann folgt euren Herzen und tut, was euch beide glücklich macht."

Ich wünschte, ich hätte ihren Brief schon früher erhalten, aber andererseits wäre ich vorher vermutlich nicht bereit gewesen, irgendetwas davon zu hören.

Ali rutschte an meine Seite und legte ihre Arme um mich. So hielt sie mich für eine Spanne, die mehrere Momente oder auch Stunden gedauert haben könnte. Ich schluchzte, ich motzte, ich schwieg, ich meckerte.

Ich realisierte, dass ich eigentlich auf niemand anderen als meine Mom richtig wütend gewesen war.

Meine Mom, die mich verlassen und sich nicht einmal verabschiedet hatte.

Ich war so wütend gewesen, dass sie

all diese Sachen zu jemand anderem gesagt und mich außen vor gelassen hatte in dem Versuch, meine Gefühle zu schonen. Aber ich wusste jetzt, dass sie mir den persönlichsten Abschied hinterlassen hatte und ich würde ihn hüten wie einen Schatz. Ich wusste, dass sie mir alle die Wahrheit erzählt hatten, von Anfang an. Ich hasste es einfach, dass sie es mir nicht erzählt hatte. Dass ich die Letzte war, die davon erfuhr. Selbst jetzt kochte ich innerlich, dass sie diesen Brief an einem Ort hinterlassen hatte, der erst jetzt gefunden worden war. Ich vermisste sie so sehr.

Ali brachte mich schließlich ins Bett, ihre Arme um mich geschlungen. Ich schlief wie ein Baby. Es war der beste Schlaf, den ich, glaube ich, jemals hatte, zumindest seit ich mein Zuhause verlassen hatte.

Als ich aufwachte, wusste ich, was ich tun musste. „Ich werde nach Hause gehen und meinen Dad besuchen", informierte ich Ali entschlossen. Sie grinste mich an und umarmte mich innig.

„Gut für dich."

Ich stoppte bei Glitch, um die Boards und Entwürfe, die ich fertiggestellt hatte, abzuliefern. Selbst ich musste zugeben, dass sie exzellent waren. Callie hieß mich herzlich in ihrem Büro willkommen. „Wow, ich liebe das. Wann können Sie anfangen?"

„Nun, ich bin mir nicht sicher. Ich habe gerade die Nachricht erhalten, dass mein Dad krank ist. Also werde ich nach Hause fahren und mich vergewissern, dass es ihm gut geht. Kann ich Sie anrufen, wenn ich Bescheid weiß? Ich weiß, Sie möchten so bald wie möglich anfangen, aber ich muss wirklich nach Hause gehen." Sie betrachtete mich und ich glaubte, ich könnte zuerst einen Hauch Überraschung sehen an Stelle der eindeutig aufrichtigen Sorge, die daraufhin folgte.

„Schätzchen, das ist in Ordnung. Unsere Daddies sind für uns Mädchen zu wichtig. Nehmen Sie sich all die Zeit, die Sie brauchen. Wir haben lang genug mit der Renovierung gewartet, ich bezweifele, dass irgendeiner von uns eine Verzögerung bemerken wird."

„Danke Callie. Ich melde mich."

Ich liefe die Treppe nach unten und durchquerte gerade das Foyer, als ich Cole sah, der mit einem winzigen Rotschopf an seiner Seite durch die Drehtüren lief. Das konnte nur Morgan sein, aber warum um Himmels willen sollten sie hier sein? Ich geriet in Panik und da ich mich noch nicht bereit fühlte, sie kennenzulernen, duckte ich mich hinter einen Stapel großer Plakate, die „Wooed and Won" bewarben. Zum Glück hatte Coles gesamte Aufmerksamkeit auf seiner, *unserer*, Halbschwester gelegen, weshalb er meinen verrückten Sprung in Deckung nicht bemerkt hatte. Ich spähte um die Seite der Plakate und beobachtete, wie er sie auf seine Schultern hob und selbstbewusst durch das Foyer lief.

„Hey Cole", sagte die Rezeptionistin, was mich dazu brachte, die Stirn zu runzeln. „Und hey Morgan. Wie geht's dir heute, Hübsche?"

Sie kannten einander eindeutig sehr gut, wenn sie Morgan auch schon kennengelernt hatte. Ich spürte, wie mich eine große Woge der Eifersucht überschwemmte, und wollte verzweifelt an jedem anderen Ort sein als hier.

„Hi Lesley, ist Callie verfügbar? Sie wird ein Weilchen für mich auf Morgan aufpassen."

„Ich glaube, sie hat gerade ihr Morgenmeeting mit der Innenarchitektin beendet, aber ich schaue schnell nach, ob es okay ist, wenn ihr beiden hochgeht."

Ich beobachtete, wie sich Cole bückte, um die Schnürsenkel von Morgans winzigen pinken Sneakers zu binden. Er tippte ihr auf die Nase und sie grinste zu ihm hoch.

„Gehst du später mit mir Eis essen?", fragte sie ihn.

Sie vergötterte ihn eindeutig, aber hatte ihn auch um ihren niedlichen kleinen Finger gewickelt. Ich kam nicht umhin, zu denken, dass er eines Tages einen großartigen Dad abgeben würde, wenn seine Geduld mit ihr irgendein Maßstab war.

„Klar Kiddo, welche Sorte auch immer du willst. Solange du ein wirklich braves Mädchen für Callie bist."

„Callie lässt mich ihre Haare flechten und gibt mir immer ganz viele Blätter zum Malen. Ich werde brav für sie sein."

Ich traute meinen Ohren kaum. Cole und Morgan kannten nicht nur Lesley, sondern sie waren eindeutig auch sehr vertraut mit Callie, meiner neuen Chefin. Plötzlich war ich wieder stinksauer, ich wollte nach vorne stürmen und ihn mit allen möglichen Dingen konfrontieren: damit, dass er meine Gefühle für ihn benutzt hatte, um mich dazu zu bringen, wieder nach Hause zu gehen;

dass er mein Leben manipuliert hatte, damit er sich deswegen weniger schuldig fühlen konnte; dass er mir diesen Job für seine feste Freundin besorgt hatte, damit er mich ungeschoren abservieren konnte.

Doch jetzt war nicht der richtige Zeitpunkt. Wie auch immer ich den Job bekommen hatte, ich brauchte ihn. Ich würde meinen Ruf, professionell zu sein, nicht wegen eines untreuen Kerls wie Cole Kent ruinieren. Und ich würde trotzdem noch nach Hause gehen, um meinen Dad zu besuchen, denn er und Steph brauchten mich, und meine Mom wollte, dass ich Teil ihrer Familie war. Ich war ihnen schon viel zu lange aus dem Weg gegangen. Nur einem aus dem Weg zu gehen, würde im Vergleich dazu ein Kinderspiel werden, aber ich würde ihm nicht erlauben, meine Chancen, mich mit meinem Vater auszusöhnen, zu verderben.

Ich wartete darauf, dass er die Treppe hochging, doch Callie hatte sich entschieden, nach unten zu kommen. Ich war gezwungen, zu beobachten, wie Cole sie umarmte und küsste. „Danke, dass du mir aushilfst. Ich kann dir gar nicht sagen, wie viel mir das bedeutet", sagte er.

„Süßer, Morgan und ich haben immer so viel Spaß zusammen, nicht war Spätzchen?" Morgan nickte der menschengroßen Barbiepuppe, mit der sie gleich spielen würde, glücklich zu. „Alles für dich. Nach den letzten Wochen schulde ich dir eine Menge!"

Den letzten Wochen? Was in aller Welt hatte er für sie gemacht, dass sie ihm so unfassbar dankbar war? Woher nahm er die Zeit oder das Durchhaltevermögen, mit uns beiden zusammen zu sein? Ich steckte mir die Finger in die Ohren, weil ich kein Wort mehr hören wollte, und wartete, bis ich mir sicher war, dass er fort war. Ich spähte um die Plakate, um mich zu vergewissern, dass das Foyer leer war. Selbst Lesley schien verschwunden zu sein und ich rannte so schnell ich konnte aus dem Gebäude zur Bushaltestelle.

Das Krankenhaus war sauber und überall strahlend hell. Ich hatte Neonlichter noch nie gemocht. Sie verursachten mir Kopfschmerzen. Aber ich bewegte mich so schnell ich konnte durch die Korridore. Ich hatte solche Angst, dass ich meinen Mut verlieren und direkt aus dem Krankenhaus rennen würde. Mein Dad war nicht mehr auf der Intensivstation, sondern auf der Kardiologie. Ich konnte nur hoffen, dass das etwas Gutes war, denn niemand wollte mir mehr als das verraten.

Ich erreichte die Station, nur um vor einem ganzen Korridor mit geschlossenen Türen zu stehen. Ich fragte eine vorbeilaufende Krankenschwester, welche die richtige für mich war. Sie war sich nicht sicher, aber rannte los, um nachzuschauen. Ein Pfleger kam zurück. „Sie möchten Tom Rivers besuchen?"

„Ja", antwortete ich.

„Folgen Sie mir Miss...?"

„Rivers, Lucy Rivers. Ich bin seine Tochter."

„Seine Frau und der Arzt sind gerade bei ihm, aber ich bin mir sicher, dass sie jeden Moment fertig sein werden", sagte er, als er vor einer angelehnten Tür stoppte. „Ich werde Ihnen einen Stuhl besorgen, damit Sie hier warten können."

„Dankeschön."

Ich tigerte nervös durch den Korridor, obwohl mir der Pfleger sehr schnell einen Stuhl gebracht hatte. Jetzt da ich hier war, hatte ich keine Ahnung, was ich sagen sollte, oder wie sie darauf reagieren würden, mich zu sehen. Ich betete und betete, dass es Dad gut gehen würde – und dass ihm der Schock nicht noch einen Herzinfarkt bescheren würde.

Der Arzt trat endlich aus der Tür

und ich packte ihn, bevor er weglaufen und seine Visite fortsetzen konnte.

„Hi, ähm, ich bin Lucy. Toms Tochter. Ich habe ihn seit über fünf Jahren nicht gesehen. Ich bin nicht gerade unter den besten Umständen gegangen. Ich war eine schreckliche Tochter. Aber ich mache mir einfach solche Sorgen um ihn und ich weiß jetzt, dass ich ihn so sehr liebe und ich so dumm war." Ich konnte mich einfach nicht stoppen. Der Arzt betrachtete mich leicht amüsiert.

„Beruhigen Sie sich. Ihrem Dad geht es gut. Ich denke, Sie wollen mich fragen, ob ich der Meinung bin, dass es den Zustand Ihres Dads verschlimmern würde, wenn er Sie sieht?" Ich blickte ihn mit offenem Mund an.

„Wie sind Sie darauf gekommen?"

„Ich mache diesen Job schon eine lange Zeit. Wir lernen, wie man Panik interpretiert", sagte er beruhigend. „Gehen Sie rein. Ich wette, er wird sich sehr freuen, Sie zu sehen. Und nein, Sie werden seinem Herzen keinen Schaden zufügen. Sie werden vielleicht sogar helfen, dass es ein bisschen schneller heilt", fuhr er beruhigend fort.

Ich stand dort und starrte den Boden an.

„Gehen Sie nur rein, Miss Rivers", wiederholte er, „lassen Sie ihn nicht noch länger warten."

Ich holte tief Luft und öffnete langsam die schwere Tür.

Ich spähte in den Raum und sah meinen Dad, der darin lag, an Monitore und Bildschirme angeschlossen, während alle möglichen Gerätschaften piepten. Ich wollte weinen, aber schaffte es, mich zusammenzureißen.

Steph sah auf und ich versuchte, sie anzulächeln. Doch das ging gewaltig schief und ich schluchzte einfach los. Ich hatte erwartet, dass sie wütend auf mich sein würde, dass sie schreien und brüllen würde, aber sie stand einfach auf und schloss mich in ihre Arme, ohne Fragen zu stellen. Ich schlang meine ebenfalls um sie und erlaubte ihr, mich zu halten, während ich weinte. Sie ließ mich los und strich mir zärtlich die Haare hinter die Ohren.

„Oh Lucy, es ist so schön, dich zu sehen, Liebes", hauchte sie. „Dein Dad und ich haben dich so sehr vermisst." Ich drückte ihre Hand, unfähig, Worte zu finden, die ausdrückten, wie leid mir all der Schmerz tat, aber ich denke, sie wusste es sowieso.

Ich ging zu dem Bett und schob meine Hand in die meines Dads. Er öffnete seine Augen und ich bückte mich, um ihn auf die Wange zu küssen. Er versuchte zu lächeln.

„Hey Dad, ruh dich einfach aus. Wir haben alle Zeit der Welt zum Reden, wenn es dir wieder besser geht. Es tut mir so leid. Ich liebe dich so sehr." Er schloss wieder die Augen, während eine einzelne Träne über seine faltige Wange kullerte. Er drückte meine Hand richtig fest und ich blieb an seiner Seite. Steph saß auf der anderen Seite und wir hielten unsere Hände über seinem

Schoß. Es war gut, wieder bei meiner Familie zu sein, obwohl sich mein bester Freund, der Mann, in den ich mich zum zweiten Mal Hals über Kopf verliebt hatte, als die heimtückischste, fieseste und schrecklichste Ratte der Welt entpuppt hatte.

Ich würde ihm seinen Verrat niemals verzeihen. Wie konnte er mir und Callie so etwas antun? Sie war so eine reizende Person, bereit ihm mit seiner Schwester zu helfen, und dann brachte er sie sogar dazu, mir einen Job zu geben? Was für eine Art Arschloch machte so etwas? Leider wusste ich, dass ich mich ihm an irgendeinem Zeitpunkt würde stellen müssen, und ich wusste auch, dass er am Sonntag mit Morgan hierherkommen würde. Seine Zeit im Büro der Staatsanwaltschaft war jetzt vorbei. Er hatte eine Woche frei, bevor er sein neues Semester beginnen würde, und das bedeutete, dass er hier sein würde, zu Hause bei seiner, *unserer*, Familie, insbesondere unter diesen Umständen. Wie in aller Welt sollte ich es schaffen, mich mit ihm auseinanderzusetzen, jetzt da ich wusste, was ich wusste?

Steph und ich fuhren spät an jenem Abend nach Hause. Dad ging es gut und er sprach gut auf die Behandlungen an, die er erhielt. Der Infarkt war ein kleinerer gewesen, aber er hatte ausgereicht, um uns alle aus der Bahn zu werfen, so viel war sicher. Wir betraten das Haus und ich bemerkte das ein oder andere, das sie verändert hatte, aber im Großen und Ganzen war es noch immer mein altes Zuhause.

„Danke, dass du hier nicht jedes bisschen von Mom ausradiert hast", sagte ich zu ihr.

Sie grinste.

„Lucy, deine Mom hat dieses Haus so wunderschön gemacht. Ich bin nicht einmal annähernd die Designerin, die sie war, oder, wie ich gehört habe, die du bist. Cole hat uns alles über deine Arbeit erzählt und wie gut es für dich läuft. Wir sind so stolz auf dich, Schatz. Klingt, als wäre dein erster Job der Hammer!"

„Danke, ich weiß nicht, wie viel von dem, was Cole dir erzählt hat, wahr ist, aber trotz allem, bin ich froh, dass er mich gefunden hat." Meine Stimme musste eine gewisse Schärfe gehabt haben und ich hätte daran denken sollen, dass Steph die Königin der Untertöne war.

„Was meinst du? Ich dachte, du und er wären endlich zusammen?", fragte mich Steph sanft. „Wir haben uns so sehr für euch beide gefreut. Er hat dich und nur dich sein ganzes Leben lang geliebt, Süße."

„Er hat schon eine Freundin und ich könnte nicht einmal hoffen, mit ihr mithalten zu können."

Sie schüttelte ungläubig den Kopf. „Nein. Cole und ich reden die ganze Zeit Lucy. Ich bin mir absolut sicher, dass ich davon gehört hätte, wenn es ein Mädchen gäbe, das ihm mehr bedeutet also du. Die einzigen anderen Frauen in seinem Leben sind Morgan, ich und seine beste Freundin Callie."

„Ja, das ist sie. Sie sind heute im Foyer ihres Firmengebäudes praktisch übereinander hergefallen. Haben sich geküsst und gekuschelt und das auch noch vor Morgan!"

Ich hatte gehofft, sie damit zu schockieren, doch selbst mein plötzliches Auftauchen hatte sie nicht aus der Ruhe bringen können, und das schien es anscheinend auch nicht zu tun, denn sie lachte mich einfach nur an.

„Oh Lucy, du warst schon immer so impulsiv und hast dazu geneigt, voreilige Schlüsse zu ziehen. Callie gehört mit Jacob zu Coles besten Freunden, seit die drei zusammen die UCLA besucht haben. Sie und Jake sind das Paar – nicht sie und Cole. Das verspreche ich dir."

Ich konnte kaum glauben, was ich da hörte. Das entschuldigte trotzdem nicht die Tatsache, dass er mir nicht zugetraut hatte, mein Geschäft allein aufzuziehen, und dass er das Gefühl gehabt hatte, er müsste seine Freunde die Multimillionäre dazu anstiften, mir einen Job zu geben. Ich war ein großes Mädchen. Ich brauchte keinen weltverbessernden, überbehütenden großen Bruder. Ich brauchte einen Mann, der mich liebte, aber mir erlaubte, meine eigenen Fehler zu machen. Einen, der es mich auf meine Weise machen lassen und sich nicht einmischen würde. Und das würde ich ihm auch sagen, wenn ich ihn das nächste Mal sah.

Steph lachte erneut. „Das ist ein Ausdruck, den ich ständig auf Morgans Gesicht sehe. Ihr zwei seid eurem Daddy so ähnlich. Aber diese sture Ader – die hast du ganz von deiner Mom, Süße! Er würde alles für dich tun, das solltest du mittlerweile wissen. Und keiner von uns kann es allein tun", sagte sie, als hätte sie meine Gedanken gelesen. „Wir brauchen alle hin und wieder eine helfende Hand und warum sollte jemand, der den Boden anbetet, auf dem du gehst, nicht alles tun wollen, was er kann, um dir zum Erfolg zu verhelfen? Und ich habe Callie kennengelernt. Dieses Mädchen macht nichts, das sie nicht tun will. Sie mag vielleicht zugestimmt haben, sich mit dir zu treffen, aber ich wette mit dir, dass du den Job wegen deiner Fähigkeiten bekommen hast. Sie gibt sich nie mit dem Zweitbesten zufrieden."

13

COLE

Mom hatte mich gewarnt, dass Lucy auf dem Kriegspfad war.

Ich hatte keinen blassen Schimmer, was ich dieses Mal getan hatte, aber ich kam nicht umhin, nervös zu sein, während ich mit Morgan, die sicher hinter mir in ihren Kindersitz geschnallt war, zurück nach Newton fuhr. Lucy war schon immer leicht unberechenbar gewesen, aber Mom hatte etwas darüber gesagt, dass sie wegen Callie und mir ganz außer sich sei. Ich hätte am liebsten darüber gelacht, da ich daran dachte, wie sie und Jake sich heute Morgen winkend von uns verabschiedet hatten, die Arme umeinander geschlungen, eindeutig hin und weg von dem anderen. Dennoch sang ich mit Morgan ihre Lieblingskinderlieder von einer CD und bereitete mich auf die Standpauke vor, die mir, wie ich wusste, bevorstand.

Ich war gerade in die Einfahrt gefahren, als Lucy auch schon auftauchte. Mom scheuchte Morgan schnell nach drinnen, während Lucy auf mich zustürmte. „Du bist das größte Stück Scheiße auf diesem Planeten", brüllte sie. „Wie konntest du nur? Du betrügender, lügender Scheißkerl!"

„Okay, ich bin also Scheiße. Wir wissen das, das wussten wir schon immer, aber warum ist es dieses Mal so Lucy?", fragte ich, da ich das Ganze plötzlich viel zu witzig fand.

„Du und Callie, und deine Mom erzählt mir, dass sie auch mit deinem Freund was am Laufen hat. Wie konntest du das tun? Mich betrügen und hinter dem Rücken deines besten Freundes mit dessen Freundin rummachen? Was für eine Art Monster bist du? Und mir einen Job bei ihr zu besorgen? Wie in aller Welt wolltest du es schaffen, dass nichts davon rauskommt, hm?"

Ich gluckste. Das hätte ich wirklich nicht tun sollen. Es war wie eine rote Fahne bei einem wütenden Stier. Doch die ganze Sache war einfach so lächerlich.

„Lucy Rivers, du bist wirklich die wundervollste Frau, der ich jemals begegnet bin. Aber du kannst auch die allerdümmste sein. Callie ist meine beste Freundin. Genau wie es dir meine Mom gesagt hat. Ich habe keine Ahnung, was du zu sehen oder zu hören geglaubt hast, aber es ist nicht das, was du denkst."

„Oh, jetzt bin ich auch noch dumm?", kreischte sie und stach mir dann mit einem Finger in die Brust.

Ich verzog das Gesicht und überlegte, dass ich mir das Lächeln vielleicht verkneifen und das hier ernst nehmen sollte. „Nein, ich meinte es nicht so..."

„Willst du eine Leiter für das Loch, das du dir gerade schaufelst, Mister?"

Ich hielt die Hände hoch in dem Versuch, sie zu beruhigen. Ich musste den Knoten in meiner Zunge lösen und es ihr erklären.

„Ich brachte Morgan bei Glitch vorbei. Callie bedankte sich wieder einmal bei mir, weil ich ihr klargemacht habe, wie sehr Jake sie vergöttert. Sie schweben auf Wolke sieben, seit ich sie auf dem Red Hot Chili Peppers Konzert zusammengebracht habe. Sie half mir das Foto für dich zu schießen, also waren wir quitt. Dann ja, schickte ich ihr deine Kontaktdaten. Dir ein Meeting mit ihr zu besorgen, schien das Mindeste zu sein, das ich tun konnte, um dir auszuhelfen in Anbetracht dessen, wie sehr ich dich verletzte, als ich die Seite meiner Mom ergriff. Aber du, das verspreche ich dir, hast den Rest erledigt. Callie schwärmt pausenlos davon, was für ein absolutes

Juwel ich ihr geschickt habe. Sie sagte, sie würde liebend gern auf Morgan aufpassen, da es ein fairer Tausch für den Gefallen zu sein schien, den ich ihr getan hatte, indem ich ihr von dir erzählt hatte."

Lucy sah mich an, ihre katzenartigen Augen skeptisch zu Schlitzen verzogen. Ich wollte sie hochheben, jeden Zentimeter ihres Gesichtes küssen und sie dazu bringen, Vernunft anzunehmen, bis sie wusste, wie sehr ich sie verehrte – aber ich wusste, das wäre das Schlimmste, das ich im Moment tun könnte. Ich wartete und ließ sie alles durchdenken. Es schien eine Ewigkeit zu dauern und ich begann, nervös von einem Bein auf das andere zu treten.

„Also bist du mit keiner anderen ausgegangen, als wir per E-Mail und SMS miteinander geredet haben?", fragte sie scharfsinnig.

Fuck, damit hatte sie mich. Oh Gott, das würde so absurd klingen.

„Nun, doch das bin ich – aber es war

wirklich nicht das, was du denkst. Weißt du, Jake hat bei einem Esswettbewerb mitgemacht und Callie hat mit mir gewettet, er würde nicht gewinnen, und sie zwang mich, mich bei ‚Wooed and Won' anzumelden und mit mindestens vier Frauen auszugehen." Ich blickte nach unten auf den Schotter, den ich mit meiner Schuhspitze hin und her schob. Ich wusste, dass es stimmte und dennoch klang es in keiner Weise plausibel.

„Das klingt wie die lahmste Ausrede, die ich jemals gehört habe, aber wenigstens gibt es Leute, die deine Geschichte bestätigen können."

Ich sah zu ihr auf, da ich einen Ton milder Belustigung in ihrer Stimme gehört hatte. Sie grinste von einem Ohr zum anderen. „Nach meinem Gespräch mit deiner Mom gestern Abend habe ich Callie heute Morgen angerufen. Ich wollte mir sicher sein, aber ich konnte einfach nicht widerstehen, mich ein bisschen an dir zu rächen, weil du mir nicht von Anfang an auf ‚Wooed and

Won' erzählt hast, wer du warst. Und seit wann bist du heiß genug, um dich nach einem griechischen Gott zu benennen? Apollo, *wirklich*?"

Ich machte zögerlich einen Schritt auf sie zu. „Dann hasst du mich also nicht? Du vergibst mir? Oh, bitte sag, dass du mir vergibst?", flehte ich.

„Tja, du hast einiges an Arbeit vor dir, um es wiedergutzumachen, aber ich bin mir sicher, wir können uns etwas überlegen, das du tun kannst, um bei mir wieder gut im Kurs zu stehen?"

„Würde das helfen?", fragte ich, während ich sie in meine Arme nahm. Sie schmiegte sich kaum merklich an mich.

„Ja, das könnte es vielleicht", neckte sie mich.

„Wie wäre es damit?" Ich strich zärtlich mit einem Kuss über ihre Lippen. Ich spürte, wie sie leicht in meinen Armen erschauderte.

„Mmm, wir sind vielleicht auf dem richtigen Weg."

„Wie ist es damit?" Ich presste meine

Lippen auf ihre und ließ meine Zunge sachte über ihre Unterlippe gleiten. Sie öffnete sich mir willig und ich spürte die sanfte Bewegung ihrer Zunge, als sie meine suchte.

Ich tauchte in ihren Mund und kostete von ihr, sie tat das Gleiche. Der Kuss vertiefte sich und ich fühlte ihre Finger über meine Rückenmuskulatur gleiten. Ich zog sie so eng an meinen Körper wie ich konnte und hob sie hoch, sodass ihre Füße den Boden nicht mehr berührten.

„Ich liebe dich Lucy, das habe ich schon immer. Das werde ich immer."

„Ich liebe dich auch", hauchte sie und Tränen stiegen ihr in die Augen.

Ich ergriff ihr Kinn und hielt es leicht fest. „Ich weiß, wir sind jung, und ich weiß, dass uns die Leute vermutlich für verrückt erklären werden, weil wir Stiefschwester und Stiefbruder sind, aber nimmst du mich für den Rest meines Lebens? Wirst du mich heiraten?", murmelte ich an ihren Lippen.

„Was? Du gehst nicht mal auf ein Knie runter?", fragte sie spielerisch.

„Ich werde tun, was auch immer du willst, meine Liebe. Dein Wunsch ist mir Befehl!", sagte ich, während ich mich nach unten neigte und mein Knie den Schotter berührte.

Sie kicherte und ihre Augen funkelten, während ich geduldig auf ihre Antwort wartete.

„Steh auf du Idiot", sagte sie und trat einen Schritt zurück. „Oh ja, Mr. Kent, natürlich werde ich dich heiraten. Jetzt halt den Mund und küss mich noch mal."

Sie seufzte, als ich pflichtbewusst gehorchte und ihre Lippen von jetzt an bis in die Ewigkeit mit meinen eigenen verschloss. Es gab nichts, das ich für Lucy Rivers nicht tun würde, die Frau, die mein Herz vor all diesen Jahren gestohlen hatte.

EPILOG – LUCY

Ich saß allein in dem stillen Raum und starrte mein Spiegelbild in dem mit Ornamenten verzierten Spiegel vor mir an. Meine Hände waren ruhig, da war nicht einmal der Hauch eines Zitterns, es war, als wüssten sie, dass ich die richtige Entscheidung getroffen hatte.

Heute war der Tag, an dem ich alles aus meiner Vergangenheit ziehen lassen würde, ich würde mich nicht länger damit befassen – in die Zukunft schauen – und wenn ich richtig darüber nachdachte, dann, nun, war es auch Zeit.

Meine Mundwinkel hoben sich zu einem Lächeln, während ich an den Neuanfang dachte, der mich erwartete, und nach einem letzten Wisch mit dem glitzernden hautfarbenen Lippenstift war ich bereit.

Es war Zeit.

„Bist du endlich fertig?", rief Alisons Stimme durch die Tür, frustriert, dass ich sie noch nicht reingelassen hatte. „Er wird nicht ewig warten, weißt du... und ich kann es auch nicht!"

„Schwachsinn, er hat schon wie viele Jahre gewartet? Er kann noch ein paar Minuten warten, es wird ihn nicht umbringen. Lass dir ruhig Zeit, Süße!", sagte Callie, deren Stimme gedämpft erklang, da sie ebenfalls aus meiner kleinen Zufluchtsstätte ausgesperrt worden war. „Aber du musst uns Bescheid geben, wenn du Hilfe brauchst."

Es war vermutlich an der Zeit, dass ich sie reinließ, dachte ich. In dem Moment fielen mir die winzigen Perlenknöpfe ein, die sich gerade außerhalb meiner Reichweite befanden und in der Mitte meiner Schulterblätter aufgereiht waren.

Doch bevor ich die Tür öffnen und meine zwei Brautjungfern reinlassen konnte, erklang ein leises Klopfen an der Tür und eine zarte, aber selbstbewusste Stimme verlangte Eintritt. „Lucy, ich muss dir mein Kleid zeigen! Lass mich rein!"

Ich stellte mir meine neue Stiefschwester, Morgan, vor, die mit ihrem kleinen Fuß aufstampfte und die Hände in die Hüften stemmte.

Ich holte tief Luft, schloss die Tür auf und trat einen Schritt nach hinten.

„Okay, ihr könnt jetzt reinkommen." Ich tätschelte den Spitzenstoff des elfenbeinfarbenen Kleides und strich ihn glatt, als die Tür aufschwang.

Morgan war die Erste, die hereinkam, und sich sofort vor mich stellte, den Kopf nach oben geneigt. „Nun, das wird aber auch Zeit", schimpfte sie mich und ich konnte nicht anders, als über ihren verkniffenen Gesichtsausdruck zu lachen.

Ich schob meine Hand in Morgans. „Du siehst wunderschön aus, genau wie Cinderella", flüsterte sie.

„Du auch, Spätzchen. Wie eine Prinzessin."

Von der Tür hörte ich ein mehrstimmiges Keuchen. Callie und Alison standen beide mit vor den Mund geschlagenen Händen und glänzenden Augen da.

„Oh mein Gott, du siehst hammermäßig aus, Luce!", sagte Alison, während sie mich in eine Umarmung schloss. Eine vereinzelte Träne entkam und kullerte über Alisons Gesicht.

„Wag es ja nicht, zu weinen anzufangen", warnte ich sie. „Sonst fange ich auch noch an und dann muss ich mein Make-up noch mal machen und wir werden wirklich zu spät kommen!"

„Absolut atemberaubend! Cole wird nicht wissen, wie ihm geschieht", sagte Callie, als sie sich unserer kleinen Umarmungs-Session anschloss.

Ich stand einige Momente so da und klammerte mich fest an die beiden, während ich verzweifelt gegen die drohenden Tränen ankämpfte.

Sie hatten mir im Verlauf der letzten Monate alle so viel Freude und Freundschaft geschenkt; ich fragte mich aufrichtig, wie ich jemals ohne sie zurechtgekommen war. Vor allem Morgan, die die wundervollste kleine Schwester war, die ich mir jemals hätte wünschen können. Ich hoffte nur, dass sie mir eines Tages vergeben würde, dass ich nicht schon früher Teil ihres Lebens gewesen war. Ich hatte so viel von ihrer Kindheit verpasst und war entschlossen, jetzt und für immer für sie da zu sein, wie das eine große Schwester tun sollte.

Und dann war da noch Callie, die theoretisch meine Chefin war, aber wir waren uns während unserer Zusammenarbeit zunehmend nähergekommen. Sie war meine Inspiration, eine schlaue Geschäftsfrau mit einem Herz aus Gold. Nicht zu vergessen, die fantastischste Sängerin! Cole und mir war es gelungen, sie dazu zu überreden, unsere Sängerin für unseren ersten Tanz zu sein, und mit ihrem Stimmumfang war sie die perfekte Person, um Ella James' „At Last" zu singen.

„Okay genug von dem ganzen sentimentalen Mädelszeug, wir wollen dein Kleid schließlich nicht verknittern... außerdem gibt es da einen Ort, an dem du erwartet wirst!", sagte Alison, während sie schnell die wenigen Knöpfe meines Kleides schloss. Sie war mein Fels. Sie war für mich da, als mich die meisten Freunde ohne einen zweiten Gedanken fallen gelassen hätten.

Ich nickte. „Ich bin bereit", verkündete ich.

„Gott, du siehst überhaupt nicht

nervös aus", stellte Callie fest. „Ich war am Ende mit den Nerven, als Jake mir den Antrag gemacht hat. Also werde ich an unserer Hochzeit vermutlich ein nervliches Wrack sein."

„Es gibt nichts, wegen dem ich nervös sein müsste", erklärte ich. „Cole ist mein Seelengefährte. Mein ein und alles. Ich weiß ohne jeden Zweifel, dass er der Mann ist, mit dem ich den Rest meines Lebens verbringen werde... warum soll ich also Energie an Nervosität verschwenden?"

„Du sagst es, Schwester!", krähte Alison, während sie den Saum meines Kleides aufplusterte.

„Komm schon", nörgelte Morgan ungeduldig. „Daddy wartet."

„Okay, lasst uns gehen", erwiderte ich, bereit, mich meinem Schicksal zu stellen. Morgan führte mich aus dem Ankleidezimmer der Kirche, wobei sie so heftig sie konnte an mir zerrte. Ich glaubte, sie war aufgeregter als ich, dass sie gleich den Gang zum Altar durchschreiten würde. Alison und Callie folgten pflichtbewusst hinter uns.

MEIN DAD STAND in seinem makellosen grauen Anzug da und wartete geduldig neben den Flügeltüren zum Hauptbereich der Kirche. Sein Gesicht verwandelte sich, als Morgan und ich um die Ecke bogen und er uns beide auf sich zukommen sah.

„Meine Mädchen", flüsterte er. Er schlug eine Hand auf seine Brust, als hätte er Schmerzen, und ein plötzlicher besorgniserregender Gedanke schoss durch meinen Kopf. Nach seinem Herzinfarkt war ihm angeordnet worden, es ruhig angehen zu lassen und seine Ernährung auf eine gesündere umzustellen. Und ihm ging es wirklich gut – es hatte seitdem keinen weiteren Vorfall gegeben.

Er musste die Sorge auf meinem Gesicht gesehen haben, denn er schüttelte den Kopf. „Nein, Schatz, mir geht's gut. Du siehst so wunderschön aus, so sehr wie deine Mutter. Das tut meinem Herz weh." Er küsste mich auf die Wange und ich nahm seinen Arm in einen festen Griff.

Ein dicker Kloß formte sich in meiner Kehle, als ich von meiner Mutter hörte, und ich biss auf meine Zunge. Ich hatte den ganzen Morgen versucht, nicht an ihre Abwesenheit zu denken und daran, dass sie eigentlich hier bei mir hätte sein sollen; sie hätte mir mit meinem Make-up helfen und einen Wirbel um meine Haare veranstalten sollen. Aber es war sinnlos, zu versuchen, sie auszublenden. Ich wusste, dass sie allermindestens im Geiste anwesend war.

Meine Mom würde da sein, wenn ich zum Altar schritt, sie würde da sein, wenn ich ihr erstes Enkelkind auf die

Welt brachte; sie würde immer an meiner Seite sein, tief in meinem Herzen. Ich würde sie nie wieder ausschließen.

Callie reichte mir ein weiches, weißes Taschentuch und ich nahm es dankbar entgegen, um damit an meinen Augenwinkeln zu tupfen.

„Danke", wisperte ich.

Meine Mom wäre stolz, dass ich immerwährendes Glück gefunden hatte. Und es war Zeit, meine, und ihre, Träume wahrwerden zu lassen.

Die Musik, die aus dem Inneren der Kirche drang, veränderte sich und der bekannte Hochzeitsmarsch setzte ein. Mein Dad führte mich zur Seite, weg von den hölzernen Flügeltüren, die sich öffneten.

Callie kniete sich ihn und flüsterte Morgan ins Ohr, sprach ein paar aufmunternde Worte für sie, aber das kleine Mädchen, so stur und selbstbewusst, wusste ganz genau, was es zu tun hatte. Sie schnappte sich ihren kleinen Blumenkorb, der mit weißen Samtblütenblättern gefüllt war, und mit einem letzten Blick zu unserem Vater lächelte sie und machte sich auf den Weg durch den Gang, wobei sie die unechten Blütenblätter verstreute.

Einen Augenblick später zwinkerte mir Callie zu und folgte Morgan in die Kirche.

„Hals und Beinbruch", flüsterte Alison, als sie ebenfalls durch die Türen verschwand.

Wir waren als Nächstes dran und ich schloss meine Hand fester um den Arm meines Dads. Ein ganzer Schwall Nervosität beschloss, dass jetzt der perfekte Zeitpunkt war, um einen Sturm in meinem Bauch loszutreten. Ich hatte vorhin nicht gelogen, als ich gesagt hatte, dass ich die Ruhe selbst war, wenn ich daran dachte, meine wahre Liebe zu heiraten. Doch als ich jetzt am Rand eines lebensverändernden Moments stand, geriet ich ins Straucheln.

Wir standen im Eingang, während

sich unzählige Köpfe zu uns drehten. Meine Augen wurden so groß, wie es nur ging; erschrocken und verängstigt. All diese Leute, Freunde und Familie, dachte ich, beobachteten mich. Was, wenn ich über mein Kleid stolperte und auf mein Gesicht fiel?

Eine warme Hand tätschelte meine eigene. „Schau sie nicht an", riet mir mein Dad, „suche Cole."

Ich verstand. Meine Augen wanderten den Gang hinab zum Altar, bevor es meine Füße taten. Ich bemühte mich, all die Zuschauer, die ich aus dem Augenwinkel sehen konnte, zu ignorieren, und stattdessen nach der vertrauten Gestalt am Ende zu suchen.

Und dann verstummte alles. Sämtliches Rascheln und Keuchen der Gäste wurde von dem Blick reiner Liebe in Coles Augen übertönt.

Unsere Augen begegneten sich und nichts spielte mehr eine Rolle.

Ruhe kam über mich, als würde mich Cole in eine schützende Decke wickeln und vor all meinen bangen Gedanken abschirmen.

Und mit seinem ermutigenden Blick lockte mich Cole langsam zu sich und ich stellte fest, dass sich meine Füße ganz von allein bewegten. Ich konnte es nicht erwarten, ihn zu erreichen und an seiner Seite zu sein, aber zugleich wollte ich auch nicht, dass dieser Moment jemals endete. Nachdem wir Blickkontakt hergestellt und sich unsere Seelen verbunden hatten, waren wir in Sicherheit in unserer eigenen Blase, wo Freude regierte und Traurigkeit der Eintritt verwehrt wurde.

Doch dann wurde mir bewusst, dass jeder Tag so sein würde und konnte. In die Augen des Mannes zu starren, den ich liebte, war alles, das ich jemals gewollt oder gebraucht hatte.

Mein Dad löste sich sanft aus meinem Griff und führte mich die letzten Stufen zu Cole hinauf. Ich keuchte wegen des plötzlichen Schocks, dass er bereits direkt vor mir war und seine Hand nach meiner ausstreckte. Der Gang hatte noch vor Sekunden ausgesehen, als wäre er mehrere Meilen lang, als würde es Stunden dauern, um Cole zu erreichen anstatt bloß einiger Momente.

„Wow", hauchte Cole, seine Stimme kaum hörbar, als er seine Finger zwischen meine schob. Er schenkte mir seine gesamte Aufmerksamkeit, wir waren auf allen Seiten von den Leuten umringt, die wir liebten und die uns liebten. Und für eine Sekunde dachte ich, ich würde träumen, dass das alles unmöglich real sein konnte. Doch das Gefühl von Coles Hand am Ende meiner Fingerspitzen verriet mir, dass ich mir nichts einbildete.

„Sorry, dass ich zu spät bin." Ich errötete, während wegen seiner sanften Berührung ein freudiger Schauer meinen Arm hinauf kribbelte.

„Ich würde eine Ewigkeit auf dich warten", flüsterte Cole zur Antwort. „Ich habe immer daran geglaubt, dass wir unsere zweite Chance bekommen würden. Und dieses Mal werde ich dich nie wieder gehen lassen."

ENDE

BÜCHER VON JESSA JAMES

Bad Boy Billionaires

Lippenbekenntnis

Rock Me

Holzfäller

Das Geburtstagsgeschenk

Billionaire Bad Boys Bücherset

Der Jungfrauenpakt

Der Lehrer und die Jungfrau

Seine jungfräuliche Nanny

Seine verruchte Jungfrau

Zusätzliche Bücher

Fleh' mich an

Die falsche Verlobte

Wie man einen Cowboy liebt

Wie man einen Cowboy hält

Gelegen kommen

CLUB V

Entfesselt

Entjungfert

Entdeckt

Liebe mich nicht

Hasse mich nicht

ALSO BY JESSE JAMES (ENGLISH)

Bad Boy Billionaires

Lip Service

Rock Me

Lumber Jacked

Baby Daddy

Billionaire Box Set 1-4

The Virgin Pact

The Teacher and the Virgin

His Virgin Nanny

His Dirty Virgin

Club V

Unravel

Undone

Uncover

Cowboy Romance

How To Love A Cowboy

How To Hold A Cowboy

Beg Me

Valentine Ever After

Covet/Crave

Kiss Me Again

Handy

Bad Behavior

Bad Reputation

Dr. Hottie

ÜBER DIE AUTORIN

Jessa James ist an der Ostküste aufgewachsen, leidet aber an Fernweh. Sie hat in sechs verschiedenen Staaten gelebt, viele verschiedene Jobs gehabt und kommt immer wieder zurück zu ihrer ersten großen Liebe – dem Schreiben. Jessa arbeitet als Schriftstellerin in Vollzeit, isst zu viel dunkle Schokolade, ist süchtig nach Eiskaffee und Cheetos und bekommt nie genug von sexy Alphamännchen, die genau wissen, was sie wollen – und keine Angst haben, dies auch zu sagen. Insta-luvs mit dominanten,

Alphamännern liest (und schreibt) sie am liebsten.

HIER für den Newsletter von Jessa anmelden:
http://bit.ly/JessaJames

www.ingramcontent.com/pod-product-compliance
Lightning Source LLC
LaVergne TN
LVHW011807060526
838200LV00053B/3694